펭귄은 날지 않는다

펭귄은 날지 않는다

김병민 소설

담다

목차

프롤로그	9
빨간벽돌	18
강의실	84
조간대	132
크레슈	176
퍼스트 펭귄	208
에필로그	253
작가의말	259

프롤로그

"제 삶에 영향을 끼친 사람들은 여자밖에 없어요."

본인을 농담 전문가라고 소개하는 김문돌은 올해로 서른 살이 되었다.

"네?"

최설은 그의 말에 어떻게 반응해야 할지 감을 잡지 못했다. 그녀는 올해로 스물네 살이 된 음대생인데, 작년부터 이곳 카페 빨간벽돌에서 아르바이트를 했다. 그들이 대화를 나누게 된 것이 삶에 어떤 영향을 끼칠지 지금으로선 알 수 없다. 설은 문돌이 이상한 사람이 아니길 바라며 화제를 돌렸다.

"그럼 이번에 졸업하시는 거예요?"

설이 물었다.

"네, 그렇죠. 다행히 이번에 박사학위 논문이 통과되어서 2월에 졸업해요."

설의 물음에 문돌은 아직 '박사'라는 호칭이 어색한지 쑥스러운 표정을 지었다. 비록 그가 '운이 좋았죠'라며 겸손을 떨기는 했으나 떨림 없는 목소리와 씰룩거리는 입꼬리는 스스로 정말 운이 좋았다고 생각하는지, 아니면 으레 운이 좋다고 말하는 것인지 파악하기 어려웠다. 다만 조금 이상하게 보이기는 했다.

이들은 지금 왜 카페 빨간벽돌에 나란히 앉아 커피를 마시고 있을까? 그것을 알기 위해선 시간을 조금 거슬러 올라가야 한다. 문돌은 대학원에 입학한 이후로 카페 빨간벽돌에 자주 갔다. 이유는 딱히 특별하지 않았다. 문돌의 자취방에서 가장 가까웠고, 가다 보니 그 카페에 가는 게 습관이 되었기 때문이다.

문돌은 비가 오나, 눈이 오나, 더우나, 추우나 항상 "콜드브루 레귤러 사이즈로 매장에서 한 잔 마시고 갈게요"라고 주문했는데, 석사과정을 마칠 즈음에는 매장의 직원들과 안부를 묻고 간단한 인사를 나눌 정도로 친밀감이 형성됐다. 그는 이러한 인연을 소중히 여겼다.

설은 문돌이 박사과정 1학기를 막 시작했을 때부터 카페에서 일하기 시작했다. 문돌은 오전에는 카페에서 전공서적을 읽으며 공부했고, 오후에는 학교에 가서 수업을 듣거나 논문을 썼다. 그래서 작년 1학기에는 오후 6시부터 근무하는 설과 마주칠 일이 거의 없었다.

이 시기에 설은 오후 1시부터 5시까지 피아노 학원에서 아르바이트를 병행하고 있었다. 그녀가 이렇게까지 아르바이트를 열심히 하는 이유는 생활비가 부족하거나 대학교 등록금을 마련하기 위해서는 아니었다. 클래식을 전공하는 음대생으로서 혹시라도 갈지 모르는 유학에 필요한 비용을 미리 마련해 두기 위해서였다.

 그러다가 설은 2학기부터 근무 시간을 오전으로 옮겼다. 그동안 오전 근무를 했던 직원이 서른 살을 넘기면서 퇴사했기 때문이다. 때마침 그녀가 일하던 피아노 학원도 원생이 줄었다는 이유로 더는 보조 선생님이 필요하지 않게 되었다. 그녀는 그렇게 "콜드브루 레귤러 사이즈로 매장에서 한 잔 마시고 갈게요"를 듣기 시작했다.

 오전에는 점심이나 저녁때와 다르게 손님이 그렇게 많지 않았다. 그래서 직원과 손님이 대화를 나눌 기회가 상대적으로 많았다. 그들은 처음에는 인사로 서로를 맞았고, 이후에는 미소로, 그다음에는 간단한 안부로 커피가 나오는 시간을 채웠다. 그러는 사이 한 달, 두 달 시간이 흘렀고 어느덧 해가 바뀌었다. 문돌은 설이 같은 학교 학부생이며 음대에서 클래식 피아노를 전공하고 있다는 것을 알게 되었고, 설은 문돌이 같은 학교에서 독어독문학을 전공했지만 석사와 박사는 다른 전공을 선택했다는 것을 알게 되었다. 다만 문돌의 전공명이 생소해서 그게 정확히 어떤 것인지는 알지 못했다.

 그러나 확실히 문돌은 그녀에게 흥미로운 존재였다. 대학원 전공이 흥미로웠던 것은 아니다. 문돌에게는 아쉬운 일이지만 그의 외모가 호감이었던 것도 아니다. 관심이 있던 것은 그가 과거에 독일어를 전공했다는 것과 현재 대학원을 다니고 있다는 사실이었다. 어느덧 4학년이 된 설은 자신의 미래가, 삶이 어떤 방향으로 굴러갈지 걱정되었다.

불확실한 미래에 대한 걱정으로 가득 찼던 설은 자기 확신에 가득 차 보이는 문돌이 자신에게 뭔가 조언해 줄 수 있지 않을까 궁금했다. 그녀는 1월의 겨울이 아직 끝나지 않았을 때, 문돌에게 말했다.

"혹시 대학원은 어떻게 가게 되신 거예요?"

콜드브루를 받으며 문돌이 답했다.

"음, 한 시간짜리 이야기이긴 한데……. 괜찮으시면 다음에 커피 한잔할래요?"

그는 설의 눈을 바라보며 말했다.

"대학원에 가시려고요?"

"아, 그건 아닌데……, 궁금한 게 있어서요."

그들은 그렇게 대화를 나누며 약속 시간과 장소를 정했다. 문돌과 설은 서로의 연락처를 몰랐고 굳이 알 필요도 없었기 때문에 장소는 자연스럽게 카페 빨간벽돌로 정해졌다. 일시는 수요일 저녁 8시. 수요일은 문돌이 일주일 중 가장 좋아하는 날이었다. 문돌은 자신의 휴식일을 수요일로 정했다. 특별한 이유가 있어서 그런 것은 아니었다. 그저 무료한 일상 속에 만든 일종의 놀이였다.

그는 취업에 성공한 대부분의 또래 친구가 가장 힘들어 할 때 과감히 쉬는 것에서 재미를 느꼈다. 남들이 힘들어 할 때 쉬는 것은 지난하고 힘든 대학원 생활 중에 자신에게 주는 일종의 보상과도 같았다. 그는 저녁을 먹기 전까지는 여느 요일과 다를 바 없이 하루를 보냈지만, 다른 요일과는 달리 수요일에는 술 마시는 것을 스스로 허락했다. 설과 만나기로 한 날은 '술'이 '커피'로 바뀌었을 뿐이고, '저녁 겸 술'이 '단순한 저녁 이후의 커피'로 바뀌었을 뿐이다. 사실 그에게는 술이나 커피가 딱히 중요한 것은 아니었다. 그 모든 것이 수요일을 특별하게 만들어 주었기 때문이다.

약속 당일, 문돌은 약속 시간보다 1시간 일찍 카페 빨간 벽돌에 도착했다. 카페 안은 이제 막 대화를 나누려는 사람들과 공부하기 위해 자리 잡은 대학생으로 채워져 있었다. 그래도 빈자리가 없지는 않았다. 그는 콜드브루를 한 잔 주문한 뒤 2층 창가 자리에 자리를 잡았다. 매일 앉는 자리는 아니지만, 자기들의 꿈과 삶의 방식에 대해 논하는 젊은 대학생들의 이야기가 흥미로웠기 때문에 내심 만족스럽게 설을 기다릴 수 있었다.

그는 커피를 마시며 대학생들의 이야기에 잠시 귀를 기울이다가 이내 오는 학기에 맡은 강의 자료를 검토했다. 다시 봐도 재밌는 강의가 될 것 같았다. 자신감과 기대감으로 생각이 가득 찰 즈음 시계를 확인했다. 어느덧 시간은 8시가 다 되었고, 설은 곧 도착할 것이다. 그는 설이 1층에서 기다리고 있을지도 모른다는 생각에 계단을 통해 1층으로 내려갔다. 그때 단발머리를 한 설이 직원과 인사하며 커피를 주문하는 모습이 눈에 들어왔다. 커피를 주문한 뒤, 직원이 커피를 내리러 가자 그녀는 자신을 먼저 발견한 문돌과 눈이 마주쳤다. 문돌은 순간 깜짝 놀라 반사적으로 말했다.

"어? 머리 자르셨네요. 저기 2층에 자리를 잡아 뒀어요. 먼저 올라가 있을게요."

카운터에서만 보던 직원을 밖에서 보게 되다니. 그는 어색한 미소를 자연스럽게 지으려고 애썼다.

"안녕하세요. 네, 커피 받아서 올라갈게요."

그런 것에 비해 설은 매우 편안해 보였다.

빨간벽돌

1

 춥고 매서운 겨울바람이 잦아들 즈음, 새로운 한 해를 야심 차게 준비하고자 하는 바람이 대학가에 불기 시작했다. 개강을 앞둔 대학생들은 저마다 새로운 목표를 세웠다. 운동을 좋아하는 학생은 학교나 인근 헬스장에서 신체를 단련하기 위해 열심이었고, 한 학기 동안 쓸 돈을 모으기 위해 식당에서 아르바이트하는 학생도 있었다. 본인의 진로와 관련된 대외 활동을 하는 학생도 있었고, 일단 이것저것 시도해 보는 학생도 있었다.
 하지만 젊은 대학생들의 열정이라는 것이 항상 같은 시기에 피어오르는 것은 아니며, 반드시 어떤 목표를 이루기 위해 살아야 한다는 법도 없다. 그저 그들의 속도에 맞게, 그들의 목표에 맞게 다가오는 학기를 맞이했다. 그들은 나름의 궤적을 따라 삶을 살아갔다.
 이 시기의 젊은 대학생들은 이제 막 그들이 정당하다고 믿는 삶의 모델을 형성할 터였다. 그러나 젊은 대학생들은 그들의 삶에 중요한 것이 딱 한 가지만 있는 것은 아니라는 점을 인식하기에는 아직 어렸다. 또한 사람마다 필요한 삶의 방식이 있다는 사실을 인정하기엔 너무 불안했다. 불안한 마음은 자신만만한 도전 혹은 그것을 부정하는 외면으로 종종 마비되곤 했다. 하지만 역설적으로 그렇게

함으로써 대학가에는 활력이 생긴다.

"큼, 저번 학기에 사회학과 수업 진짜 별로였는데."

"나는 재밌었는데 왜."

 권동빈과 신현민은 올해로 스물네 살이 된 대학생이다. 그들은 작년 1학기에 복학한 복학생이었다. 동빈과 현민은 군 복무 중 자신의 미래에 대해 진지하게 고민했고, 결론을 내렸다. 둘은 모두 국어국문학을 전공했지만 꿈은 서로 달랐다. 동빈은 작가의 삶을 꿈꾸었고, 현민은 마케팅 기획자의 삶을 꿈꾸었다.

"크음, 사회학에서 다루는 이론이 나에겐 통하지 않잖아?"

 동빈은 말하기 전에 마른 헛기침을 하는 습관이 있었다. 그는 언제나 자기 생각에 거슬리는 것이 있다면 따지고 들며, 거슬리는 생각을 굴복시키려고 했다.

"소수의 사례에 매몰될 필요는 없지."

 반면에 현민은 애초에 거슬리는 게 잘 없었다. 무엇이든 대세는 어느 정도 정해져 있고, 그것에 반대하는 것은 구시대적이라 생각했기 때문이다. 따라서 그에게 잘사는 것이란 대세를 잘 따라가는 것이었다.

"대세를 따를 줄도 알아야지."

 그는 '대세'라는 말을 쓰는 것을 좋아했다.

 재밌는 것은 이러한 성향과는 반대로 그들은 자기 자신

을 정반대로 평가했다. 동빈은 대세를 따르기만 해서는 그보다 더 넓은 세계를 이해하거나 보지 못한다고 생각했다. 그래서 자기는 오히려 현민보다 객관적이고 보편적인 성격이라 생각했다.

반면에 현민은 동빈이 빠르게 변하는 세상을 쫓아가지 못해 언젠간 뒤처질 수밖에 없을 것이라고 생각했다. 그는 동빈의 태도를 오래된 것, 전통적인 것으로 생각했다. 그는 자신의 사고방식이 동빈에 비해 새롭고 세련된 것이라 평가했다.

이처럼 사람들에게 보이는 그들의 모습은 자신이 믿는 모습과 달랐다.

"다음 주부터 수강 신청 기간이잖아. 큼, 시간표는 정했어?"

동빈이 물었다.

"어느 정도는. 신문방송학과 수업을 많이 들을 것 같아. 복수 전공할 거거든."

현민이 답했다.

동빈과 현민은 오랜만에 학교에서 만났다. 그들은 평소 즐겨 먹던 돈까스 전문점에서 저녁을 먹은 뒤, 소화시킬 겸 대학로를 걷고 있었다. 2월의 대학로는 시끌벅적하지 않았고 오히려 평화로운 기운마저 감돌았다. 거리에는 몇몇 흡연자가 삼삼오오 모여 담배를 피우고 있었다.

"추운데 카페라도 갈까?"
"그러자."
 그들은 누구라도 먼저 꺼낼 법한 말을 주고받았다.
"큼, 그러니까 저런 놈들이 담배 피우지 못하도록 포스터를 만들어야 한다는 거지?"
 동빈이 담배를 피우는 무리를 지나자 턱짓으로 뒤쪽을 가리켰다.
"어느 정도는."
 동빈의 말에 자연스럽게 대답했던 현민이 덧붙였다.
"저런 놈들이 아니라 흡연자들. 담배를 못 피우게 하는 게 아니라 금연하도록 돕는 포스터."
 그들이 이날 약속을 잡은 이유는 단순히 돈까스를 먹기 위해서만은 아니었다. 현민은 평소에 동빈의 비판적인 시각이 다소 불편했지만, 그의 비판적인 시각이 공모전에 도움이 될 수 있겠다는 생각도 어렴풋이 가지고 있었다. 현민은 이날 동빈에게 금연 캠페인 공모전에 함께 도전하자고 제안했다. 하지만 내심 공모전에 참가하자는 자신의 제안이 거절되기를 바랐다. 공모전의 성격을 제대로 이해하지 못한 동빈이 억지 고집을 부릴 것이 예상되었기 때문이다.
 하지만 그런 고민을 아는지 모르는지, 동빈은 흔쾌히 제안을 받아들였다. 현민은 그를 차차 판단하기로 결심했고, 공모전과 관련된 이야기는 다음에 자세히 나누기로 했다. 대화 주제는 자연스럽게 일주일 앞으로 다가온 수강 신청으로 바뀌었다.

"크, 따뜻해."

동빈이 안경에 김이 서린 채 중얼거렸다. 그는 주머니에서 안경 닦이를 꺼내 안경에 서린 김을 닦아 냈다.

"또 여기야?"

매번 카페를 옮겨 다니는 현민은 한곳만 고집하는 동빈이 이해되지 않았다.

"여기가 왜 빨간벽돌인지 알아?"

동빈은 질문에 질문으로 답한 뒤, 2층에 자리가 있는지 확인하기 위해 계단을 타고 올라갔다. 현민도 그 뒤를 따라 올라갔다. 마침 창가에 빈자리가 두 곳 남아 있어 그중 하나에 가방을 두어 자리를 맡았다. 그러고는 음료를 주문하기 위해 다시 계단을 내려갔다.

"어떤 거?"

현민이 카드를 꺼내며 말했다.

"여기까진 내가 살게."

"오예. 나는 아이스 아메리카노. 레귤러 사이즈로!"

현민은 아이스 아메리카노 두 잔을 주문하고 직원에게 카드를 건넸다. 쿠폰을 적립하겠냐는 말에 그는 동빈을 쳐다보았고, 동빈은 스탬프를 찍는 쿠폰을 건넸다. 그는 그 쿠폰을 지금 한 번 쓸 수 있다고 굳이 말하지 않았다. 주문을 마친 그들은 카드와 쿠폰 그리고 진동벨을 가지고 2층으로 다시 올라갔다.

"그러니까 여기 이름이 왜 빨간벽돌이냐면……."

동빈은 자기가 꺼낸 주제가 잊히기 전에 재빨리 말을 이었다.

"고흐 알지? 크흠, 반 고흐."

"당연히 알지."

"여기 카페 사장님이 고흐를 엄청 좋아하신대."

동빈은 쿠폰을 지갑에 넣은 뒤 진동벨을 만지작거리며 계속해서 말했다.

"고흐가 프랑스 아를에서 예술가들의 아지트? 예술 공동체 같은 거를 만들고 싶었나 봐. 그런 꿈을 꾸면서 살았던 곳이 노란 집이었거든. 아마 그림도 있을 거야. 큼, 카페 사장님은 거기서 '예술', '색깔', '사물'에 영감을 얻은 거지. 그래서 예술을 좋아하는 사장님이 예술가들이 많이 찾아왔으면 하는 바람에 '빨간'과 '벽돌'을 섞어 '빨간벽돌'이라고 이름을 지은 거야."

동빈은 왼손 검지로 안경을 살짝 올리고는 이 이야기가 재미있지 않으냐는 듯 현민을 바라보았다. 물론 현민에게는 그다지 흥미로운 이야기가 아니었다. 현민이 관심 있는 것은 동빈이 어떻게 그 이야기를 아느냐는 것이었다.

"들어본 것 같기도 하고."

"듣기는 뭘 들어봐. 내가 방금 지어낸 건데."

동빈은 기다렸다는 듯이 현민의 말에 반응했다. 때마침 진동벨이 울려 현민이 뭐라 대꾸할 시간은 허용되지 않았다.

"크흠, 커피는 내가 가지고 올게."

현민은 순간 짜증이 밀려왔다. 그의 눈에 동빈은 아직 철이 들지 않은 것 같았다. 동빈은 매사가 장난스러웠다. 현민은 휴대폰을 들고 답장하지 못했던 메시지에 답장하며 동빈을 기다렸다.

잠시 후 동빈이 커피를 들고 올라왔다. 어느새 카페 안은 사람들이 붐비는 소리로 가득 차기 시작했다. 그는 현민에게 커피를 건넨 뒤 자리에 앉았다. 그러고는 말했다.

"큼, 사실 전부 지어낸 말은 또 아니야."

그가 히죽 웃으며 말했다.

"나도 얼핏 지나가면서 들은 이야기거든."

동빈이 반대쪽 벽을 가리키면서 말했다. 현민은 휴대폰을 내려놓고 동빈이 가리키는 곳을 바라봤다. 그곳에는 해바라기 그림이 걸려 있었다. 동빈은 한동안 고흐와 카페 빨간벽돌의 유사성에 대해 일장 연설을 늘어놓았다. 그러나 현민은 그런 이야기에 전혀 관심이 없었다. 고흐가 어쩌고, 벽돌이 어쩌고 하는 이야기 말이다. 그는 탁자 위에 둔 휴대폰 화면을 괜히 한번 켜 보면서 동빈의 이야기에 마침표를 찍어 주었다.

"누구나 그 정도는 생각하지. 굳이 그럴 필요가 없어서 그렇지만."

현민은 삶에 중요하지 않아 보이는 것에 힘을 쏟는 것만큼 힘 빠지는 일도 없다고 생각했다. 하지만 동빈은 달랐다. 그는 이런 관심이야말로 삶에서 가장 중요한 것이라고 생각했다. 동빈이 현민의 마침표에 쉼표를 달았다.

"아니지, 그러면 이런 궁금증은 어때?"

동빈은 이야기를 끝낼 생각이 없었다. 그는 한동안 자기가 하고 싶은 말을 계속했다. 그런 동빈의 말에 현민은 여전히 시큰둥했다. 애초에 이것은 대화가 아니었기에, 동빈의 말이 끝나자 그들 사이에 얼마간 정적이 흘렀다.

시간이 얼마나 흘렀을까, 현민이 정적을 깨며 말했다.

"이번에 교양 수업도 하나 들으려고 하는데."

현민은 수강 신청과 관련된 이야기를 조금 더 하고 싶었다.

"오, 정말?"

"〈농담과 대화 연구〉라는 수업이야."

"교수는 누구래?"

"김문돌이라는데, 누군지는 모르겠어."

"문돌이? 이름부터 범상치 않군. 농담을 연구한다고 해

놓고 철 지난 유머집 같은 걸 가지고 수업하는 건 아니겠지? 좀 싸한데…….”

동빈은 헛기침하며 목을 가다듬었다. 농담을 잘한다고 자부하는 그로서는 농담을 대하는 학문적 자세가 진부함 그 자체로 예상됐기 때문이다. 쉽게 말해 그는 〈농담과 대화 연구〉 수업이 고리타분할 것 같다고 생각했다. 당연히 진부한 접근으로는 농담을 제대로 설명할 수 없다는 게 동빈의 입장이었다.

"듣게?"

동빈이 물었다.

"그러려고."

"무슨 요일인데?"

"너도 들으려고?"

현민이 보기에 동빈은 자기 생각이 깊고 강해서 내키지 않으면 중요해 보이는 것이라 하더라도 거부하는 사람이었다. 말하자면 즉흥적으로 사는 것 같았다.

"월요일, 수요일 3시 수업."

"그래? 그때 시간 비는데. 나도 한번 들어 봐야겠네."

하지만 동빈은 의외로 계획적인 사람이었다. 그 계획이 다른 사람들이 납득할 만한 계획인지는 모르겠지만 말이다. 그는 어떤 일을 하건 그 일 사이에 비어 있는 공간을 남겨 두곤 했다. 그는 우연의 순간을 위해 그 공간을 비워 두었다. 우연히 발견한 좋은 수업, 우연히 발견한 재미없는 수업. 계획과 무관한 우연에 자신을 던지는 것이 계획의 정수라면 정수였다.

그런 의미에서 월요일과 수요일 3시는 동빈에게 우연의 순간을 위해 비어 둔 곳이었다. 그는 현민이 새로운 변화를 통해 얻는 경험과 성찰을 이런 식으로 얻고 있었다. 금연 포스터 공모전이 그랬고, 〈농담과 대화 연구〉 수업이 그랬다.

그때 계단에서 통통거리는 소리와 함께 —대학가에 있기에는 대학생 특유의 생동감이 상실되었지만, 회사에 있기에는 젊은이 특유의 앳됨이 보이는— 청년 한 명이 2층으로 올라왔다. 동빈과 현민의 눈에는 그가 대학가 특유의 기운과 어울려 보이지 않지만 곳곳에 잘 스며들어 있는 취업 준비생으로 보였다. 그 청년은 자리를 둘러보더니 동빈과 현민의 뒷자리에 자리를 잡았다.

2

"큼, 나도 이번에 공모전에 소설 하나 출품했는데."

동빈은 아까 지어 낸 빨간벽돌 이야기와는 다르게 한층 진지해진 목소리로 목을 살짝 가다듬으며 말했다.

"거기는 살짝 안타깝더라고."

그는 고개를 현민 쪽으로 조금 당겼다.

"그래?"

현민은 그가 이미 도전한 공모전이 있다는 사실에 놀랐지만 티 내지 않으려고 했다.

"어땠는데?"

"방학 때 괜찮은 공모전이 하나 보이길래 써 봤지. 근데 생각보다 별로더라고."

"뭐가?"

"심사위원들 말이야. 어떻게 이 글을 떨어뜨릴 수 있는지."

현민은 대답 대신 커피를 한 모금 마셨다. 그러고는 동빈의 눈을 잠시 쳐다보았는데, 그 눈빛은 낙담한 사람의 그것과는 거리가 멀었다. 순간 '진심으로 공모전에 도전한 게 아니었나?'라는 생각이 머리를 스쳤다.

"안타까운 일이지."

동빈이 말했다.

현민은 성장하기 위해서는 다양한 경험이 필수라고 생각했다. 그 과정에서 오는 실패 역시 경험의 일부리라. 현민은 동빈이 이제 그 첫걸음을 뗐다고 생각했다.

"나도 해 봐서 아는데, 맞아. 첫술에 배부를 수는 없는 법이지."

그러나 동빈은 그렇게 생각하지 않는 것 같았다.

"아니. 그게 아니라 그 단체가 안타깝다고. 내 글을 놓쳤으니."

그는 이번에도 히죽 웃었다.

'저러지만 않았어도 진작 더 성장했을 텐데!'

현민은 광대만 살짝 올려 어색한 미소를 지어 보였다. 그러나 속으로는 동빈이 성장하기를 멈춘 철없는 풋내기라고 생각했다.

"작가는 왜 되고 싶은 거야? 전에는 그냥 돈 많이 벌고 싶다며."

"아, 그거? 내가 얘기를 안 했구나."

동빈은 사뭇 진지한 표정을 지으며 말을 이어 갔다. 이번에는 헛기침으로 목을 가다듬지도 않았다.

"내가 말하는 걸 좋아한다는 건 너도 알지? 물론 나도 고등학생 때는 기업 경영인이 되어서 돈을 많이 벌고 싶었지, 당연히. 그런데 대학 전공은 경영이랑 상관없는 걸 선택했잖아? 1학년 때는 뭐 그냥저냥 '어떻게든 되겠지'라고 생각했던 것 같아. 어차피 군대에 가야 했으니까. 너도 알겠지만, 군인이 되면 혼자 생각할 시간이 많잖아. 우리가 언제 2년 가까이 미래에 대해 진지하게 생각해 보겠어. 그때 엄청나게 고민한 거지."

동빈은 빨대로 녹지 않은 얼음을 몇 번 휘적거리고는 커피를 조금 마셨다.

"일단 어디에 속하면 거기서 열심히 하면 된다는 주의였으니, 국어국문학과에 온 것도 원망하거나 후회하지 않았어. 내가 하기 나름이라고 생각했거든. 그래도 뭘 할 수 있는지, 뭘 해야 하는지, 뭘 잘하는지 알 필요는 있잖아?"

그는 마치 동의를 구하듯 현민을 쳐다봤다. 동빈의 시선을 느낀 현민은 그 시선이 말하는 바가 무엇인지 이해했다.

"어느 정도는."

동빈이 계속해서 말했다.

"그래서 일단 책을 읽었어. 생각보다 내가 아는 게 없고, 사람들 앞에서 발표도 잘 못하더라고. 그래서 자기계발서 같은 책을 먼저 읽기 시작했어. 원래 책은 잘 안 읽었거든. 그런데 책을 읽다 보니까 뭔가 읽은 책의 저자들처럼 강연자가 되고 싶다는 생각이 들기 시작하더라고. 그렇잖아, 유명한 강연자가 되면 내가 좋아하는 말을 하면서 돈도 많이 벌 수 있으니까. 그런데 문득 그런 생각이 들더라. '내가 뭐라고 사람들이 강연을 맡길까' 하고 말이지."

현민은 자기도 모르게 고개를 끄덕였다. 그러나 거기에 별다른 의미는 없었다.

"그런 생각이 들 즈음 내가 독서를 편식하고 있다는 걸 알게 됐어. 물론 군인 신분으로 많은 책을 읽을 수 있는 건 아니었지만, 읽었다 하면 전부 비문학 작품만 읽었으니 말이야. 그래서 문학 작품, 소설 종류도 한번 읽어 봐야겠다고 생각했어. 명색이 국어국문학과 학생인데 말이지. 그래서 휴가 나왔을 때 서점부터 갔어. 베스트셀러 매대 앞에 섰는데, 평소에 소설을 안 읽던 사람이 표지를 본다고 뭘 알겠어? 그냥 베스트셀러 중에 디자인 예쁘고 재밌어 보이는 거 두 권 정도 골랐지."

"그렇구나."

현민이 적당히 맞장구쳤다.

"시간 날 때마다 조금씩 읽었거든. 다 읽고 나니깐 그런 생각이 들더라고."

"어떤 생각?"

"이 정도면 나도 쓰겠는데?"

"……."

"아니, 농담이 아니라 진짜로 그런 생각이 들었다니깐."

물론 이때 동빈의 입가에 옅은 미소가 떠오르긴 했지만, 장난처럼 보이진 않았다. 그는 자기 꿈에 관해 이야기하는 것이 즐거웠다.

"그 뒤로 이런 생각을 해 봤어. 지금의 나라면 아무도 강연자로 쓰지 않겠지만, 작가로 데뷔해 베스트셀러 작가가 된다면 나한테 강연을 의뢰하지 않을까 하고 말이야. 내가 베스트셀러 작품만큼 쓰지 못할 것 같지도 않고 말이야. 물론 지금은 그게 생각만큼 쉽지 않다는 걸 알지만."

그러면서도 동빈은 작가의 삶에 도전하는 기한은 5년을 넘기지 않을 것이라고 설명했다. 그는 헛기침을 한 번 하고는 현실 감각이 그렇게 떨어지는 사람은 아니라고 덧붙였다.

"흠."

현민은 그 말이 진심인지 알 수 없었다. 그는 동빈에게 몇 가지 떠보는 질문을 했다.

"그래도 쉽지는 않을 텐데. 준비는 잘 되고?"

"잘 되는지는 모르겠지만, 내년이면 벌써 5년 차야."

"벌써?"

"그동안 중편이랑 단편을 3편 정도 썼어. 장편 소설은 2편 정도 썼고. 다 습작이지만 말이야."

"장편도?"

"이왕 쓸 거면 장편을 써야지."

동빈이 자부심 가득한 목소리로 말했다.

"첫 시작이 장편이었고, 그 이후로는 중편, 단편을 썼어. 첫 소설 이후에 내가 부족하다는 걸 이해했거든. 사실 느끼진 못했어. 공모전 결과가 '넌 아직 부족해'라고 말해 준 거지 스스로 부족하다고 느끼진 못했거든. 아무튼 우긴다고 될 일은 아니니, 숙련도를 높이기 위해 짧은 글을 쓰기 시작했어. 어느 정도 준비가 됐다고 느껴질 즈음 다시 장편 소설을 썼지. 그게 이번에 출품한 소설이야. 내심 기대했는데, 어쩔 수 없지 뭐."

"주제는?"

현민은 생각보다 성실히 도전하고 있는 동빈이 새삼 대단하다고 느꼈지만, 한편으론 '진짜 그랬을까?'라는 의구심도 들었다.

"이걸 어떻게 요약해야 하지? 말로 설명하기 어려운데……."

자신이 공들여 쓴 글을 한두 문장으로 요약하지 못한다면 그것은 정리되지 않은 글과 다름없다고 현민은 생각했다.

'자기가 무슨 글을 썼는지 설명하지 못하는 걸 보니 안 봐도 결과가 보이긴 하네.'

그는 잠자코 동빈을 지켜보았다.

"일단 거칠게 설명해 볼게."

동빈이 이어서 말했다.

"요즘 사람들이 돈이 없어서 결혼을 못 하는 걸까? 나는 아니라고 생각해. 사람들이 결혼을 안 하는 이유는 결혼생활에 대한 인식 자체가 왜곡되어 있기 때문이야. 뭐, 사실 삶의 방향에 대한 진지한 고민이 없어서 그런 것이긴 하겠지만 말이지."

"왜곡되어 있다니 어떻게?"

"결혼 생활의 단점을 너무 잘 찾잖아. 그러면서도 이상적이고 싶어 하고."

"좀 더 구체적으로 말해 봐."

"우선 '무엇을 해서 어떤 삶을 살고 싶다' 같은 것은 없으면서 '뭐는 이래서 싫고, 뭐는 저래서 싫고'라는 말은 잘하잖아. 초합리적인 바보가 되는 거지."

동빈이 계속해서 말했다.

"크흠, 그게 다가 아니야. 결혼 생활을 부정적으로 묘사하는 농담이 너무 많은 것 같지 않아? 정작 그렇게 웃음거리로 만드는 사람들은 실제로 행복할 텐데 말이야."

현민은 '그건 네가 여자친구가 없어서 그래'라는 말이 목 끝까지 차올랐음을 느꼈지만, 커피 한 모금으로 애써 누르며 가까스로 참았다.

"사실 굳이 결혼하지 않아도 된다는 게 요즘 대세잖아. 그렇다면 그게 막연한 편견이란 거야?"

"맞아. 그중에서도 내가 주목한 건 농담이었어."

"이번에 수업 열심히 들어야겠네."

현민이 동빈을 흘깃 쳐다봤다.

"오? 또 이런 연결점이. 내 소설에 도움이 될지 한번 지켜봐야겠군."

"그래서 소설 내용은 뭔데?"

"어쨌든 지금 결혼에 대한 인식이 부정적이긴 하잖아.

굳이 해야 하는 건가 싶고. 그러다 보니 결혼했을 때의 단점이 자꾸 눈에 보이고, 결혼을 안 했을 때의 장점을 상대적으로 과대평가하기도 하고. 내가 보기엔 이런 흐름이 가능한 건 그동안 결혼이라는 게 사회적으로 너무 당연시되었기 때문이라고 생각해."

현민은 그 말에 동의했다.

'그래, 결혼을 반드시 해야 할 이유는 없지.'

그는 이어질 동빈의 말에 귀를 기울였다.

"맞지, 그래서?"

"그런데 지금은 어때? 오히려 결혼을 꼭 해야 할 필요는 없다는 생각이 힘을 받고 있잖아. 그 생각이 사회적으로도 이상하게 보이지 않고 말이야. 그 말은 즉, 이제는 결혼하면 삶의 질이 떨어진다는 말에 반대할 무대가 생겼다는 거지. 그래서……."

동빈은 잠깐 뜸을 들이다가 말했다.

"내 소설에 등장하는 주인공은 결혼이 너무 좋아서……. 결혼을 스무 번이나 해."

그는 소리 없이 미소를 지었다가 웃지 않는 현민을 보고는 미소를 거둬들였다.

'결혼을 스무 번이나 하는 주인공의 이야기라!'

현민은 아이디어가 분명 독특하긴 하다고 생각했다. 하

지만 과연 사람들이 관심을 가질 만한 이야기인지는 선뜻 판단이 서지 않았다.

"큼, 그래도 글은 재밌는 것 같은데 말이야."

동빈은 입맛을 다시며 잠시 생각에 잠기는 듯했다. 또다시 정적이 흘렀다. 이번엔 동빈이 궁금한 게 생겼는지 눈을 조금 크게 뜨며 말했다.

"그러고 보니 너는 왜 마케팅 기획자가 되고 싶은 거야? 나도 그건 못 들어봤네."

"나? 너랑 비슷해."

현민은 휴대폰 화면을 두 번 두드려 시간을 확인했다. 어느덧 일곱 시가 훌쩍 넘어가 있었다. 여자친구와 여덟 시에 만나기로 했기 때문에 이 이야기만 마무리하고 일어나면 되겠다고 생각했다.

"나도 사람들 앞에서 말하는 걸 좋아해."

그가 계속해서 말했다.

"네가 강연자를 꿈꿨듯이 나는 거기서 마케팅을 발견한 것 같아. 직업적으로 봤을 때도 업무 특성이 선명하고, 사람들에게 영향을 끼칠 수 있다는 게 매력적이잖아?"

"뭔가 나랑 생각이 비슷한 것 같으면서도 다른 것 같은데."

동빈의 안경이 흘러내려 코의 가장자리에 위태롭게 걸쳤다. 그는 왼손 검지를 활용해 안경을 다시 올렸다.

"그런 거지."

현민이 말했다.

"너는 바로 옆에 있는 사람만 웃겨도 만족하잖아. 나는 일반적으로 사람들이 선호하는 방식을 찾아내려고 하는 거고."

과연 그런 것 같았다. 하지만 동빈은 자신을 조금 변호해야겠다는 생각이 들었다.

"그런 것 같기도 하네. 크흠, 나는 내가 옳다고 생각하는 방식을 어떻게든 실현해 주변 사람을 설득하는 방식을 택했고, 너는 사람들이 좋아할 것 같은 생각을 발굴해서 대중을 상대로 설득하는 방식을 택했고."

동빈은 방금 말한 비교가 썩 만족스러웠는지 말을 더 하려다가 멈췄다. 그러고는 컵에 남아 있는 얼음을 먹으려고 컵을 입으로 가져다 댔다.

하지만 동빈의 비교가 현민에게는 썩 달갑지 않았다.

"그렇게 생각할 거 같더라."

그가 계속해서 말했다.

"나는 그게 사람들이 좋아할 것 같은 생각이라기보다 사람들에게 실질적인 도움을 주는 거라고 생각하거든. 그러니까 많은 사람이 공감하고 영감받는 거 아니겠어?"

"뭐, 그럴 수도."

동빈은 여기서 더 덧붙였다간 서로 감정이 상할 수도 있겠다고 느꼈다. 그래서 딱 한 마디만 더 하기로 했다. 그러면 두 마디보단 감정이 덜 상할 테니.

"그렇지만 마케팅이라는 영역이 사람들에게 실질적인 도움을 주기에는 깊은 고민이 부족한 것 같지 않아? 결혼 생활을 긍정한다는 것 하나를 말하기 위해 300쪽이 넘는 고민을 보여 줘야 할 때도 있는데 말이지. 그 부분은 한 번 더 생각해 볼 필요가 있을 거 같아."

말을 마친 동빈은 묘한 두근거림이 느껴졌다. 얼굴에는 약간의 열기가 감돌았다.

"아니, 그건 장르가 다른 거지 고민의 깊이가 다른 건 아니야."

현민은 동빈의 말이 끝나길 기다렸다가 대답했다.

"그 많은 내용을 한마디로 표현할 수 있는 게 바로 마케팅이고 기획자가 해야 할 일이지."

현민이 계속해서 말했다.

"나는 네가 고민이 많고 생각도 많은 걸 어느 정도 아니까……. 네가 학교 밖에서 새로운 사람도 좀 만나고 대외 활동도 하면서 이것저것 경험해 봤으면 좋겠어. 세상엔 새롭고 다양한 게 많잖아?"

"뭐, 그럴 수도."

"사실 어떻게 보면 좀 전에 말한 네 소설의 주제가 사람들이 그렇게 관심을 두는 분야는 아니잖아. 그냥 네가 관심 있는 거고, 어떻게 보면 네 생각에 갇힌 거지. 아이디어 자체는 확실히 독특해, 독특한데……. 조금만 다른 생각을 받아들일 수 있다면 훨씬 더 세련되고 좋을 것 같아."
"나는 그렇게 생각하지 않지만, 뭐 그럴 수도 있겠네."

 이렇듯 그들은 비슷한 목표에 비슷한 관심사, 그리고 자기 삶에 관심과 열정을 가지고 살고 있었지만 방식은 사뭇 달랐다. 오히려 그들이 추구하는 삶의 모델은 정반대인지도 모른다.
 그러나 이러한 차이에도 불구하고 이들이 긴밀한 친구 관계를 유지할 수 있었던 것은 서로를 인정하는 부분이 약간은 있었기 때문이다. 그들은 서로에게 자극을 주고 동기 부여를 받고 있었으며 서로를 통해 자신의 정체성을 확인하고 있었다. 다만 그런 사실을 이해하기에는 각자 사용하는 단어의 의미가 달랐고, 경험이라는 그림자의 명암이 달랐다. 그들은 독창성을 추구하면서 보편적인 사람임을 주장하고 싶어 했고, 보편성을 추구하면서 독창적인 사람임을 주장하고 싶어 했다.
 어느 정도는 자신을 몰랐고, 타인을 몰랐다.
"이제 슬슬 일어날까?"
 현민이 얼마간 이어진 적막을 깨고 말했다. 8시가 되기 조금 전이었다. 그는 가방에서 텀블러를 꺼내 남은 음료를 옮겨 담았다.

"그래. 밑에서 담배나 한 대 피우고 가자."

동빈은 자리에서 일어나 짐을 챙기는 현민을 기다리며 말했다.

"큼, 우리부터 끊어야 하는데 말이야."

현민이 자리에서 일어나며 말했다.

"3월부터는 끊으려고."

그가 옅은 미소를 띠며 말했다.

"내려가자."

3

2월은 많은 것의 시작을 예고하는 시기다. 꼭 봄의 시작을 알리기 때문만은 아니다. 왜냐하면 이 시기에 남극은 가을에 해당하기 때문이다. 가을에도 새로운 시작은 있는 법, 이 시기 남극에는 어린 펭귄들이 홀로서기에 도전한다. 흔히 알고 있는 것처럼 펭귄은 물고기가 아니라 새다. 하지만 펭귄이 바닷새라는 표현은 어딘가 익숙하지 않다.

아마도 많은 사람이 바닷새 하면 바다 위를 뱅글뱅글 날아다니는 새를 떠올릴 것이다. 어쩌면 그러한 새들은 갈매기로 통칭해 인식되고 있는지도 모른다. 그러나 바닷새에는 다양한 종이 있다. 펭귄 역시 바닷새의 일종이다.

마찬가지로 많은 사람이 펭귄 하면 남극에서 공동으로 새끼를 육아하는 새로 기억할 것이다. 그러나 펭귄은 남극에만 사는 것도 아니고, 1년 내내 섬에만 머무르는 것도 아니다. 각각의 펭귄은 서로 다른 개성을 가졌음에도 그저 펭귄으로 여겨진다.

계절에 따라 규칙적으로 번식지와 월동지를 이동하는 새들을 철새라고 부른다. 펭귄 역시 예외는 아니다. 어떤 펭귄은 철새고, 어떤 펭귄은 철새가 아니다. 머리 위를 가로지르는 흰색 띠무늬가 특징인 젠투펭귄은 겨울에도 번식지를 떠나지 않고 육지 생활을 한다. 반면에 턱을 가로지르는 검은색 띠무늬가 특징인 턱끈펭귄은 가을이 되면 번식지를 떠나 바다에서 겨울을 난다.

새끼 펭귄이 부화한 지 4주 정도 지나면 부모 펭귄은 더는 새끼를 둥지에서 보호하지 않는다. 새끼 펭귄들은 어느 정도 성장한 뒤 둥지를 떠나 일종의 군집을 형성한다. 이 시기가 되면 새끼 펭귄의 몸집은 도둑갈매기가 쉽게 물고 갈 정도로 작지 않다. 사람들은 새끼 펭귄들이 모여 있는 군집을 크레슈라고 부른다. 크레슈 단계가 지나면 새끼 펭귄의 몸에는 육지에서 체온을 유지해 주던 뽀송뽀송한 털 대신 차가운 바다에 적합한 진짜 깃털이 자란다. 털갈이를 하는 것이다.

젠투펭귄과 턱끈펭귄은 털갈이 이후의 생활 방식에서

확연한 차이를 보인다. 부모 턱끈펭귄은 털갈이를 어느 정도 마친 새끼 턱끈펭귄에게 더는 먹이를 먹여 주지 않는다. 이제 새끼 펭귄은 바다에 몸을 던져 직접 사냥해야 한다. 곧바로 홀로서기를 한 새끼 턱끈펭귄은 이후에 대륙붕을 따라 다른 곳으로 이동하며 겨울을 난다.

 반면 부화 시기도, 부화 시간도 턱끈펭귄보다 느린 젠투펭귄은 새끼에게 먹이를 먹여 주는 기간도 더 길다. 그들은 새끼 젠투펭귄이 새로운 깃털이 온몸을 덮은 후에도 직접 먹이를 보충해 준다. 이 시기에 새끼 펭귄은 바다에 짧게 왔다 갔다 하며 점진적으로 홀로서기를 준비한다.

 그러나 많은 사람이 지구 반대편의 삶에 대해 잘 알지 못한다. 펭귄들의 삶이 지구 반대편 사람들에게 어떤 영향을 끼치는지도 알지 못한다. 펭귄이 바닷속으로 뛰어들어 홀로서기를 시작할 무렵, 그들의 삶이 어떤 식으로 이어질지 짐작만 할 뿐이다. 그리고 다음 봄이 찾아온 후에야 한바탕 모험을 마친 펭귄들을 볼 수 있으리라. 그러한 모험을 처음 시작한 펭귄도 있을 것이고 열 번 경험한 펭귄도 있을 것이다. 그들은 경험이 적든 많든 겨울이 되면 또다시 모험을 떠날 것이다.

4

"머리 자르신 거죠? 정말 잘 어울려요."

설은 뜬금없는 문돌의 말에 대답 대신 옅은 미소를 보였다.

"아참! 아까 했던 얘기로 다시 돌아가면, 실제로 몇몇 사람 덕분에 졸업까지 할 수 있었던 건 맞아요."

문돌이 웃으며 말했다.

"농담이 아니라요."

"아……. 여자분들?"

설은 아직 이해가 잘되지 않는 듯 그를 쳐다보았다. 그녀의 목소리는 차분했지만 조용하고 또 조심스러웠다.

"직원님은 대학원 생활이라고 하면 뭐가 먼저 떠오르세요?"

"사람들이 흔히 그렇게 말하잖아요."

설이 약간은 조심스럽게 대답했다.

"노예?"

그러자 문돌은 예상했다는 듯이 말했다.

"요즘 그런 말을 많이 하는 것 같더라고요. 그런데 모든 대학원생이 다 그런 건 아니에요. 전공마다 다르고, 지도교수님에 따라 다르니까요."

문돌의 말에 설은 그다음 말이 궁금해서 그를 쳐다보

앉다.

"그냥 편하게 문돌 님이라고 부르면 돼요. 제 이름이 김문돌이거든요."

설은 고개를 가볍게 끄덕이는 것으로 대답했다.

"저희 과는 다른 대학원생에 비해 비교적 자유로운 편이긴 해요. 아, 그렇다고 제가 해방 노예라고 말하는 건 아니에요."

그가 살짝 웃으며 말했다.

"우리가 노예라고 부르는 대학원생들은 실제로 교수님에게 연구비를 받고 있을 거예요. 일한 만큼 돈을 받는 거죠. 아마도."

"아마도……."

문돌은 자기가 한 말이 그렇게 중요한 건 아니라며 잊으라고 말하면서도 다음과 같이 덧붙였다.

"저보다 한 세대? 또는 반 세대 정도 위의 분들은 대학원에 가는 걸 긍정적으로 봤다고 하더라고요? '아 쟤는 공부를 더 하고 싶어 하는 애구나' 하고요."

"아하."

"그런데 돌이켜보면 대학원은 일이 많아서 힘든 것보다 다른 것 때문에 더 힘든 것 같아요."

"어떤 거 때문에……?"

"시기적으로 그렇거든요. 대학원에 입학할 때쯤 주위를

살펴보면 누구는 취업을 준비하고 있고, 다른 누구는 이미 취업한 상태예요. 대학원에 들어가면 어떨까요? 저 같은 사람만 있을까요? 아니죠. 이미 사회적으로 안정적인 분들이 새로운 도전을 위해 입학하는 경우도 적지 않거든요."

"비교하게 되나요?"

"저는 그랬던 것 같아요. 저는 전업 대학원생이라 직업이 없었거든요. 처음 1~2년은 다른 사람들 시선 신경 쓰지 않고 제가 할 공부만 했어요. 스스로도 떳떳했죠. 실제로 석사를 한 학기 일찍 졸업했을 정도였으니까요."

물론 아직 학부생인 설은 문돌이 정확히 어떤 맥락에서 남들과 비교했는지 이해되지 않았다. 하지만 가만히 있어도 알아서 말을 많이 해 주니 일단은 그냥 듣고만 있어도 되겠다고 생각했다. 정적인 그녀의 모습이 새침해 보일 수도 있지만 설은 그의 말을 흘려듣지 않고 있었다.

"사실 스스로 떳떳해야 했어요. 제 돈으로 공부했던 게 아니기 때문에······."

문돌이 계속해서 말했다.

"학부를 인문대학에서 나오고 대학원에 진학하는 학생들에 대해 사람들이 종종 비아냥거릴 때가 있잖아요. 취업이 안 돼서 대학원에 간 거라고. 저는 그 말이 너무 듣기 싫었어요."

"그런 말을 들은 적이 있나요?"
"아니요."
그가 조금은 씁쓸한 표정으로 말했다.
"아무도 저한테 그런 말을 한 적은 없었어요. 오히려 제가 예전에 다른 사람들을 그렇게 판단했죠."
"아하."
"그래서 더 열심히 한 것 같기는 해요. 때론 몰아세우기도 했고. 저만의 약속을 하나 정했거든요. 적어도 취업한 친구들이 출근해서 퇴근할 때까지는 공부를 하자고."
문돌이 콜드브루를 한 모금 마시고 계속해서 말했다.
"결국 그 약속을 지키긴 했으니 떳떳하다고 생각하긴 하죠. 과해서 그렇긴 하지만. 4년 동안 제 삶이 없었던 것 같거든요. 아, 물론 모든 대학원생이 그렇다는 건 아닙니다. 제가 그랬다는 거죠. 저는 연애나 경제 활동을 공부랑 병행할 능력까지는 없었던 것 같아요. 인생에서 학위 논문만 중요한 건 아닐 텐데 말이죠."
설은 말없이 고개를 끄덕이고 있었다.
"이야기가 조금 돌긴 했는데, 그래서 제가 하고 싶은 말은 자기가 열심히 공부한다고 해서, 그럴 흥미와 능력이 있다고 해서 마냥 그 삶에 집중해 살기는 어려운 것 같다는 거예요. 내가 대학원에 다니는 동안 다른 삶을 일정 부분 희생할 수 있느냐 없느냐가 자신에게 먼저 던져야 할 질문인 것 같아요."

 그러면서 대학원 내에서 나이나 사회생활, 삶의 경험 등을 근거로 자신의 의견이 별다른 고려 없이 무시받은 적도 많았다고 덧붙였다.

 그때 설이 물었다.

"힘들진 않으셨어요?"

"힘들긴 했죠. 계속 힘들었던 것 같아요. 그렇지만 슬프다고 고통스러울 필요는 없듯이 힘들다고 반드시 쓰러지란 법도 없는 것 같더라고요. 힘든 건 힘든 것대로 인정하고 어딘가 기댈 자리를 찾아야죠."

"기댈 자리……."

"네, 저 같은 경우는 사람에게 기댔던 것 같아요."

 기대는 것과 의존하는 것의 차이를 굳이 설명하지는 않았다. 지금은 수업 시간이 아니기 때문이다.

"지지해 주는 어른도 있다는 사실이 힘들 때 많은 도움이 되었거든요. 때론 그런 경험이 있다는 사실만으로도 힘이 되는 것 같아요."

"그런 경험이 많았나 봐요."

"언제나 그랬던 것 같아요. 고등학생 때도 그랬으니까요. 부모님에게 가장 많이 영향받은 것은 틀림없지만, 또 그 나이대에는 괜히 좋아하는 사람이나 밖에서 들은 이야기에 더 영향을 받기도 하잖아요. 저도 그랬던 것 같아요. 고등학생 때 있었던 일을 말해 드려도 될까요?"

"좋아요."

"조금 길어도 괜찮나요?"

그녀는 말없이 고개를 끄덕였다.

그 누나를 처음 본 건 중학교 3학년 때였어요. 학교에 버스를 타고 다녔는데, 항상 남들보다 30분은 일찍 탔던 것 같아요. 하늘이 밝게 물들기 전, 서늘한 기온이 상쾌하게 코를 뚫고 맑은 새소리가 조용한 교실 사이로 파고들 때면 뭔가 대단한 일을 해낸 것 같았거든요.

그때는 언제나 자신만만했어요. 작은 시골 학교였지만, 학교 성적도 나쁘지 않았거든요. 한 학년에 200명 정도 있는 학교에서 전교 4등으로 졸업했으니깐 말이죠. 특별히 학원에 다닌 것도 아니고, 그렇다고 공부만 한 것도 아니었어요. 오히려 게임을 더 열심히 했으니까요. 그런데 친구들과 게임을 하다 보면 질 수도 있잖아요? 남들은 별거 아니라고 생각하는 그 패배가 저는 견디기 힘들더라고요. 왜 졌는지 분석하고 연습한 뒤, 다시 도전해서 이겨야 직성이 풀렸어요. 승부욕이었죠. '하면 된다'라는 생각이 정말 강했어요.

여기까지 전달이 됐나요? 너무 두서없이 얘기한 것 같네요.

다시 버스로 돌아가 볼게요. 주로 앉았던 자리는 버스 우측 라인이었는데, 제일 뒤에서 한 자리 앞쪽이었어요. 그 당시엔 거기가 혼자 앉을 수 있는 가장 편한 자리였거든요. 사람 구경하기에도 좋은 자리였어요. 그 자리에서는 하차하는 사람들이 잘 보였거든요. 누구든지 버스를 탄 이상 뒷문으로 내려야 하잖아요? 정확하게 기억나진 않지만, 그 누나도 그렇게 봤던 것 같아요.

그 누나가 버스에 탈 즈음에는 이미 시장에 가시는 어르신과 등교하는 고등학생, 출근하는 직장인 등으로 앉을 자리가 없었어요. 그래서 누나는 항상 하차 문 바로 앞에 서 있었어요. 제가 시선을 창가에 두지 않고 정면에 두면 그 누나의 옆모습이 보이는 위치였죠. 그리고 첫눈에 반해 버렸어요. 너무 수수하고 예쁘다고 느꼈던 것 같아요. 그런데 그게 끝이었어요. 누군가를 좋아한다고 해도 그다음에 어떻게 행동해야 할지 몰랐거든요.

그러다 문제가 하나 생겼어요. 당시엔 굉장히 심각하게 고민했던 문제죠. 저는 중학교를 졸업하고 기숙사가 있는 고등학교에 진학할 예정이었어요. 이 학교는 입학하기 전에 반드시 기숙사 생활을 한 달 정도 해야 했거든요. 명목상 신입생들의 적응을 돕기 위한 것이었죠.

저는 기숙사에 들어가는 순간 앞으로 그 누나를 볼 일이 영영 없을 것 같다는 생각이 들었어요. 물론 누나를 볼 수 없게 된다는 사실 자체가 절망스럽거나 슬프지는 않았어요. 그보다는 어떻게 이 상황을 극복할 수 있을지 더 고민했던 것 같아요.

하지만 저도 감정적인 사람이라 이 문제에 대해 고민할 때면 가슴이 콩닥콩닥했고 이 문제를 극복할 수 있을까 걱정도 들었죠.

그러다가 결론을 내렸어요. 연락처를 물어보자고. 다행히 그 정도 생각은 할 수 있었던 것 같아요. 연락처를 어떻게 물어보느냐가 문제이긴 했지만 말이에요. 직접 연락처를 물어볼 생각은 엄두도 못 냈어요. 목소리가 떨릴 것 같고, 하고 싶은 말은 꺼내지도 못할 것 같았거든요. 무엇보다 면전에서 거절당하는 모습이 자꾸 상상되니까 차마 직접 물어보지 못하겠더라고요.

그런데 한편으론 이것이 그렇게 큰 문제가 아닐 수도 있겠다는 생각이 들었어요. 제가 하고 싶은 말은 글로 써서 전달하면 되니까요. 그래서 편지를 써야겠다고 결심했죠. 편지를 써야겠다는 결론을 내리니 스스로 정말 대견하더라고요. '천재 아니야?' 싶은 거죠. 제가 고민했던 많은 문제를 해결할 수 있었으니. 다만 편지를 써서 번호를 물어본다는 생각이 모든 문제를 해결해 주지는 않았어요. 왜냐하면 그 편지를 어떻게 전달하느냐가 여전히 문제로 남아 있었으니깐 말이죠.

고민 끝에 한 가지 방법을 생각해 냈어요. 아침에 일찍 집을 나서서 그 누나가 버스를 타는 정류장에 미리 가 있는 거죠. 그러고는 누나가 버스를 타기 직전에 편지를 건네주는 거예요. 그러면 어찌 됐든 누나는 편지를 받고 버스에 탈 것이고, 저는 그 어색한 순간을 마주할 필요가 없는 거죠. 이렇게 결론 내린 뒤, 의기양양하게 편지를 쓰기 시작했어요. 아쉽게도 내용은 기억나지 않지만 정말 정성스럽게 썼던 기억이 남아 있어요. 아마도 그 시간대에 버스를 타는 학생이고, 첫눈에 반했다 등의 이야기를 썼겠죠. 그리고 연락처와 SNS 주소를 함께 썼던 것 같아요.

편지를 쓰는 시간은 그렇게 오래 걸리지 않았어요. 제가 경험했던 상황과 느낌을 담백하게 쓰기만 하면 됐으니까요. 편지를 다 쓰고 난 뒤부턴 예행연습을 했어요. 먼저 그 정류장까지 걸어서 몇 분이 걸리고, 뛰어서 몇 분이 걸리는지 확인해야 했거든요. 그뿐 아니라 언제 일어나서 몇 시쯤 출발해야 하는지, 또 그곳에 도착했을 때 내 몰골은 어떠한지 등도 확인해 봐야 했죠. 모든 것을 종합했을 때 적어도 7시에는 일어나야 했고, 7시 30분에는 집에서 출발해 7시 50분까지는 그곳에 도착해야 했어요. 물론 정확한 시간은 아닙니다만. 가족들에게는 대충 아침 운동을 나간다고 둘러댔던 거 같아요.

그런 경험이 있는지 모르겠지만 저는 한동안 이 계획을

실현하는 데 실패했어요. 연습할 때 느끼지 못했던 긴장감이 제 발걸음을 느리게 만들었거든요. 마지막 골목을 도는 게 그렇게 어렵더라고요. 몇 번을 왔다 갔다 했던 것 같아요. 그렇게 네다섯 번의 시도가 수포로 돌아갔어요.

 그러다가 기숙사에 들어가야 하는 날이 밝았어요. 저는 계획 같은 건 집어치우기로 결심했어요. 생각이 많아지니깐 할 수 있는 것도 하지 못하는 것 같았거든요. 계획은 이미 충분히 세웠고, 연습도 이미 충분히 한 셈이었죠. 계획도 연습도 충분히 했다면 남은 것은 용기였어요. 뭐라고 단정 지어 말할 수는 없지만 용기는 생각하기를 멈췄을 때 가능한 것 같아요. 저는 그날 6시에 일어났고, 6시 30분에 집을 떠나 7시쯤 정류장에 도착했어요. 골목에서 머뭇거릴 필요도 없고 늦어서 버스를 놓칠 수도 없는 상황 속으로 저를 던져 버린 거죠.

 기다리는 시간은 그렇게 길게 느껴지지 않았어요. 문제는 7시 50분이 지나고, 그즈음에 도착한 버스가 승객을 태우고 출발할 때까지 누나가 나타나지 않았다는 거예요. 그곳에서 한동안 서성였던 것 같아요. 10분 정도 더 흘렀을까요? 그동안 이 이야기와는 전혀 상관없는 친구를 우연히 만나 인사를 나누고 버스를 한 대 더 보냈죠. 그러고는 이제는 정말 끝이라고, 집에 다시 가야겠다고 생각했어요. 주머니에 간직하고 있던 편지를 꺼내 반으로 접으려고 했죠. 그때 정류장에서 멀지 않은 곳에서 누나가 걸어오고 있었어요. 심장이 다시 숨 가쁘게 뛰기 시작했죠.

당연한 일이지만, 누나는 저를 지나쳐 갔어요. 저와 다르게 누나에게는 이날도 여러 평범한 일상 중 하루에 불과했던 거죠.

그런데 용기란 생각할 수 있는 시간이 없을 때 발휘되는 것 같아요. 버스 한 대가 곧바로 특유의 소리를 내며 정류장으로 들어오고 있었거든요. 버스가 정차할 것으로 예상되는 위치로 누나가 걸음을 옮기고 있을 때 다가가 말을 걸었어요.

"저기요……."

"네?"

"이거요. 편지예요."

"……?"

다른 승객들은 이미 탑승을 완료했기 때문에 그 누나도 편지를 받자마자 바로 버스에 타야 했어요. 저는 떠나는 버스를 바라보지 못하고 등을 돌렸죠. 그다음부터는 떨리는 마음을 진정시키기 바빴던 것 같아요. 긴장감이 채 가시지 않아 다리가 계속 후들거렸거든요.

'그래도 기어이 편지를 주긴 줬네.'

동시에 저는 휴대폰 전원을 껐어요. 어떤 답장이 올지, 답장이 오기는 할지 그 상황을 마주할 자신이 없었거든요. 마치 제가 쓸 수 있는 모든 용기를 가불해서 쓴 느낌이었어요.

저는 이 모든 이야기를 혼자만 간직한 채 태연하게 집으로 돌아갔어요. 그 뒤로는 아침을 먹고 한숨 더 자고 일어나 점심을 먹었어요. 그리고 부모님과 함께 짐을 챙겨 입학할 학교의 기숙사로 갔죠. 새로 알게 된 친구도 있었고 중학생 때부터 알던 친구도 있었어요. 그들은 제가 오전에 그런 모험을 하고 왔는지 전혀 알 수 없었죠. 아무에게도 얘기를 안 했거든요. 짐 정리가 어느 정도 끝난 뒤에 떨리는 마음으로 휴대폰을 켜 보았어요. 문자 메시지가 하나 와 있더라고요. 시간대를 보니 아침에 편지를 받은 직후에 바로 연락을 준 것 같았어요.

그런데 문자 내용이 충격적이었어요. 아, 그렇다고 저를 비난하거나 이상하게 생각하는 내용은 아니었어요. 그 누나는 제가 고등학생인 줄 알았나 봐요. 정확하게 기억나지는 않지만, '좋게 봐 주셔서 감사합니다. 대학교 가서도 파이팅이에요' 뭐 이런 내용이었던 것 같아요. 맞아요. 제가 기숙사에 들어가게 됐다는 말을 대학교 기숙사로 생각했나 봐요. 나중에 알게 된 사실이지만 그 누나는 저보다 열한 살이나 많았더라고요. 그 당시 저는 좋아하는지, 좋아하지 않는지만 중요했지 몇 살인지, 어떤 일을 하는지, 답장이 왔을 때 그다음 어떻게 행동해야 하는지 등에 대해선 아무런 고민도 생각도 없었던 것 같아요. 뭘 알아야 고민도 하고 생각도 할 텐데 풋내기 시절엔 제가 뭘 모르는지도 모르는 상태였으니까요.

아무튼 저는 오해를 정정하기로 했어요. 막상 문자를 마주하고 답장할 수 있는 상황이 되니 마음이 오히려 차분해지더라고요. 저는 누나에게 이제 고등학교에 올라가는 열일곱 살이라고 밝혔고, 어떤 학교에 들어가게 됐는지도 설명했어요. 누나는 고등학교에 가서도 열심히 공부하라며 짧게 격려해 줬죠. 저는 감사하다는 답장을 보냈고, 벅차오르는 마음을 한동안 누렸어요. 그 뒤로 특별히 연락을 주고받지는 않았어요. 두근거리는 마음과 설레는 마음은 여전했지만 그렇다고 할 말이 있었던 것은 아니었으니까요. 그렇게 2월의 어느 날이 되었어요. 그동안 쌓여 왔던 자신만만한 태도가 한 번에 꺾인 사건이 발생했죠.

문돌은 콜드브루를 한 모금 마시며 건조해진 목을 축였다.

5

제가 진학했던 고등학교는 반 배치고사를 입학식 전에

1차, 2차 이렇게 두 번 쳤어요. 그런데 1차 배치고사 때 제가 몇 등을 했을까요. 20등이요? 아니요. 84등을 했어요. 한 학년에 270명 정도였는데, 그중에 84등을 한 거죠. 이 숫자는 아직도 잊히질 않네요. 얼마나 충격이 컸으면.

중학생 때 저보다 성적이 좋지 않았던 친구들도 저보다 시험을 잘 쳤고, 얼굴도 이름도 모르는 다른 학교 애들도 저보다 시험을 잘 친 거죠. 자존심은 금이 갈대로 금이 갔고, 어디서부터 어떻게 잘못된 건지도 알 수 없었어요.

그때 그 누나에게 문자를 보냈어요. 아, 저는 누나가 몇 살인지는 몰라도 누나인 것을 알기 때문에 계속 존댓말을 썼고, 누나는 제가 열일곱 살인 걸 알고 말을 편하게 했어요.

'누나, 잘 지내시죠? 저는 이번에 배치고사를 쳤는데 성적이 너무 낮게 나와서 걱정이에요.'

그 누나가 정확히 어떤 말로 위로해 줬는지는 기억나지 않지만, 이야기를 끝까지 다 들어주었던 것 같아요. 제가 하는 걱정, 앞으로의 다짐 등을 말이죠. 그게 큰 힘이 되었던 것 같아요. 그리고 결심했죠. '2차 배치고사 때 성적을 올리고 사람들에게 내가 누군지 보여 주자. 그리고 누나에게 성적을 올렸다고 자랑하자!'라고 말이에요. 실제로 그것이 동기 부여가 되어서 2차 배치고사 때는 전교

16등을 했던 것 같아요.

입학하고 난 뒤에도 누나에게 이따금 연락했어요. 누나는 언제나 사려 깊고 인내심 있게 제 이야기를 모두 들어주었죠. 전 그게 너무 좋았고 또 힘이 되었던 것 같아요.

그때 설이 물었다.
"그럼 지금도 그분과 연락하세요?"
잠시 생각에 잠긴 문돌이 말했다.
"아쉽게도 지금은 연락처도 모르는 상황이에요. 저는 그 당시에 경험도, 생각도 많이 짧았거든요."
설이 그를 바라보았다.
"어렸던 거죠."
그가 짧게 한숨을 내쉬었다.
"연락처를 알게 된 다음에 어떻게 행동해야 할지 몰랐던 만큼 변덕도 심했던 것 같아요."
"아하."
"특별한 일이 있었던 건 아니에요. 그 누나도 분별력이 있었기 때문에 필요 이상의 선을 넘는 경우는 절대 없었거든요."
"그럼 어떤 일로······?"
"저는 그 뒤로도 성적을 계속 올려 1학년을 전교 3등으로 마칠 수 있었어요. 그러고는 부모님에게 당당히 말했죠.

이 정도면 스마트폰을 사 줘도 되지 않느냐고 말이죠."

"스마트폰을요?"

"아, 네. 그 당시에는 모든 학생이 스마트폰을 쓰는 건 아니었거든요. 아무튼 부모님이 스마트폰을 사 주시긴 했어요. 그런데 문제는 엉뚱한 데서 터져 버렸어요. 드디어 저도 스마트폰을 통해 메신저 앱을 쓸 수 있었고, 그 누나의 메신저 프로필을 보게 됐거든요."

"아하."

"아마 그때 누나의 나이가 몇 살인지 알게 됐을 거예요. 생일을 축하하는 케이크가 프로필에 있었거든요."

문돌은 당시를 회상하듯 잠시 창밖을 바라보았다. 창밖의 풍경은 그가 들어왔을 때보다 더 어두워져 있었다.

"그러면서 다른 사진을 몇 장 봤는데, 흠……."

그는 잠시 말을 멈췄다가 다시 입을 열었다.

"그때……. 순식간에 저와 그 누나의 나이 차를 느꼈던 것 같아요. 마치 다른 세계에 있는 사람처럼 느껴졌죠. 물론 지금의 저를 보면 아시겠지만, 만약 제가 그때 그 누나의 사진을 본다면 완전한 또래처럼 느꼈을 거예요. 어떤 이질감도 없이 말이죠. 하지만 직원님도 만약 본인보다 열한 살 어린 동생을, 하다못해 고등학생을 보더라도 그 특유의 어린 특징이 보이실 거예요."

설은 무슨 말인지 알겠다는 듯 고개를 끄덕였다.

"그 후로 누나에게 연락하지 못하겠더라고요. 설렘과 호기심은 이미 사라졌고 어떤 이질감만 남아 버린 거죠."

문돌은 다시 한번 짧게 한숨을 내쉬었다.

"용기도 없고 도망갈 줄만 아는 사람이었던 것 같아요. 내신 성적에 숨어 잘난 척만 할 줄 알았죠. '그래, 이제 공부에 집중하는 거야.' 저는 그때 제가 뭐라도 되는 듯 '모든 결정은 내가 내린다'라는 식으로 생각했어요. 제가 뭘 해야 하는지 안다고 믿었기 때문에 뭐든 제 마음대로 해도 된다고 생각했던 거죠. 사람 간의 관계에서도 마찬가지였던 것 같아요."

"후회하세요?"

"사과하고 싶은 거죠. 받은 것에 감사할 줄 모르고 더 나은 것을 쟁취할 수 있으리란 오만함이 제 선택을 지배했거든요. 정말 이기적이었죠."

문돌의 말을 끝으로 얼마간 적막이 흘렀다. 문돌은 이번에는 창밖이 아닌 반대편 바닥을 내려다보았다. 그는 왼손으로 턱을 쓸어 만지며 생각에 잠긴 듯했다. 설은 문돌의 일화를 듣고 이 이야기가 왜 시작되었는지 곰곰이 생각해 보았다. 그러고는 커피를 한 모금 마시고 물었다.

"그래도 그때의 경험이 힘이 되었나 봐요."

설의 질문에 문돌이 고개를 끄덕이며 시선을 옮겼다.

"네, 지금도 힘이 되고 있으니까요. 실은 저한테 그런 경

힘이 있다는 것을 깨닫는 데도 몇 년이나 걸렸어요. 정말이지 그땐 아무것도 몰랐던 것 같아요."

그가 계속해서 말했다.

"고등학교 2학년 때부터 성적이 급격히 떨어지기 시작했어요. 그런데도 저는 혼자 극복하려고 발버둥 쳤죠. 어떤 문제든 해결할 수 있다고 생각했고, 그 과정에서 발생하는 불안은 아무 문제도 아니라는 듯 행동했어요. 그땐 몰랐어요. 제가 누군가에게 심리적으로 지지받고 있었다는 사실을 말이에요."

"아하."

"그래서 저도 누군가에게 이런 어른이 되고 싶다는 생각이 들곤 해요."

"갑자기요?"

"예전 일들을 돌아보다가 갑자기 어떤 깨달음을 얻는 순간이 있잖아요. 제게도 그런 일이 일어난 거죠. 그동안 누나에게 받았던 관심과 지지가 남들에겐 없는 큰 힘이었다는 사실을 그땐 알지 못했던 거 같아요."

"흠……."

"직원님은 주변에 그런 분이 있나요?"

"부모님 말고?"

문돌은 고개를 끄덕였다.

"흠."

"아, 얘기하기 곤란하면 안 해도 돼요. 신경 쓰지 마세요."
 문돌이 시계를 보며 말했다. 그러자 설이 말했다.
"그게 아니라, 부모님 말고는 특별히 떠오르는 사람이 없어서요."
 그녀가 담담히 얘기했다.
"혹시 지금까지 제가 너무 설명식으로 말했나요?"
 설이 옅은 미소와 함께 고개를 가로저었다.
"아직까진 괜찮은 것 같아요."
 그러자 문돌이 자리에서 일어나며 답했다.
"그럼 잠깐 화장실 좀 다녀올게요. 아직 짧은 이야기 하나가 더 있거든요."
 서둘러 화장실로 내려가는 그의 모습이 어딘가 신나 보이기도 했다.
 문돌이 계단을 따라 1층으로 내려가자 설은 휴대폰을 켜서 시간을 확인했다. 어느덧 시간이 9시 10분을 지나고 있었다. 그녀는 이 이야기만 듣고 일어나면 되겠다고 생각했다. 대학생에겐 너무 늦지도 이르지도 않은 시각, 누군가에게는 어두컴컴한 늦은 밤, 또 다른 누군가에게는 하루를 마무리하기에 아직 이른 시각. 설은 기지개를 켜며 창밖을 내려다보았다.

6

 잠시 후, 계단을 밟고 올라오는 소리가 울렸다. 이 시간대엔 주로 개인 공부나 취업 준비를 하는 사람들이 남아 있다. 덕분에 문돌이 처음 가게에 들어왔을 때보단 한층 조용한 분위기였다.

 설은 탁자 위에 놓인 종이를 바라보고 있었다. 문돌이 내려간 사이, 탁자 위에 놓인 자료가 눈에 들어온 것이다.

 "이번에 맡은 수업에서 쓸 강의 자료예요."

 문돌은 묻지도 않은 질문에 답하며 자리에 앉았다.

 "운이 좋게도 이번에 수업을 하나 맡게 됐거든요."

 "그럼 이제 교수님이신 거예요?"

 "교수는 아니고, 계약직 시간 강사죠 뭐. 그것도 매우 만족하지만요."

 그는 이 주제로 대화를 지속하기엔 뭔가 낯선 구석이 있는지 황급히, 그러나 자연스럽게 이야기의 흐름을 다시 돌렸다. 하긴 그도 그럴 것이 문돌은 여덟 살부터 서른 살이 될 때까지 학생 신분을 벗어난 적이 없었다. 그래서 누군가가 자신을 학생이 아닌 다른 무언가로 인식할 때 왠지 모를 쑥스러움을 느꼈으리라.

 "아참, 주변에 대학원에 들어간 선배들은 없어요?"

 문돌이 자기 친구와 후배들을 떠올리며 물었다.

"요즘은 대학생들이 대학원에 잘 안 가려고 하죠?"

하지만 설의 대답은 예상과 달랐다.

"음, 대학원에 가긴 해요. 보통 해외로 유학을 가더라고요."

"인문대랑은 다른가 봐요."

문돌은 빈 잔이 된 컵을 괜히 한 번 들이켰다. 그러나 컵에는 커피도 얼음도 남아 있지 않았다.

그는 문득 자신이 주제넘은 말을 하고 있다는 느낌이 들었다.

"아……, 그러면 저보다 오히려 선배들이 실질적인 조언을 해 줄 수 있겠네요."

설은 말없이 문돌을 바라보았다. 그녀의 시선에 문돌은 뭔가 말을 해야 할 것 같다는 압력을 느꼈다. 그러나 해 줄 말이 별로 없을 것 같다는 생각만 맴돌았다. 때마침 설의 휴대폰이 울렸다. 그녀는 잠시 휴대폰을 확인하더니 다시 휴대폰을 뒤집어 탁자 위에 놓았다.

"확인하셔도 괜찮은데."

"이따가 답장해도 괜찮아요."

그녀가 계속해서 말했다.

"지지해 주는 어른에 관해 하나 더 이야기해 준다고 하셨는데……."

문돌은 겉으로 티 나지 않게 안도의 한숨을 내쉬었다.

"그 얘기를 안 했군요. 시간 괜찮으세요?"

그가 휴대폰 화면을 두 번 두드려 시간을 확인하며 물었다.

"한 20분 정도?"

"네. 그럼 최대한 빨리 얘기해 볼게요. 이번엔 요약정리를 해서!"

인간관계는 공부나 게임과 달리 내가 잘한다고 해서 결론을 내릴 수 있는 게 아닌 것 같아요. 제가 잘하고 있는지 알 수도 없고요. 인간관계는 시간이 흐른 뒤 그 결과를 놓고 짐작할 수만 있는 것 같아요. 제가 그 누나에 대한 감사함을 뒤늦게 깨달은 것처럼 말이에요. 다행히 저는 대학교에서 알게 된 한 선배 덕분에 더 늦기 전에 감사함에 대해 돌아볼 수 있었죠.

그 선배를 처음 알게 된 건 1학년 여름 방학 때 들었던 어떤 특강에서였어요. 선배와 우연히 같은 조가 되었거든요. 순전히 우연이었죠. 선배는 제가 1학년 때 이미 고학번이라 마주칠 일이 없었거든요. 그 특강이 아니었다면 아마 그 선배를 알지 못하고 졸업했을 거예요.

특강 당시 저는 후배들이 으레 그러는 것처럼 선배에게 연락처를 물어보고 다음에 연락하면 밥을 사 주느냐고 물었어요. 그리고 선배도 으레 고학번 선배들이 그러는 것

처럼 '앞으로 학교에서 볼 사람은 아닐걸?'이라며 너스레를 떨었죠. 실제로 그 뒤로 연락하진 않았어요. 1학년이었던 저는 당시 모든 게 새로웠고 대학교에서 친해진 친구도 여럿 있었거든요. 굳이 몇 번 보지도 않은 고학번 선배에게 연락할 생각이 들진 않았죠.

물론 이게 연락하지 않았던 이유의 전부는 아니에요. 또 다른 이유가 있었죠. 다가가기에는 그 선배가 너무 멋있는 사람이었다는 거예요. 레드와인 색으로 물들인 긴 생머리는 선배의 얼굴을 더 돋보이게 했고, 잘 모르는 후배에 대한 사려 깊은 존중과 태도는 어디서나 환영받을 모습이었어요. 무엇보다 인문대 소속임에도 복수전공으로 컴퓨터공학을 공부하고 있었는데, 그게 그렇게 멋있더라고요. 당시에는 그게 얼마나 더 대단하고 힘든지 몰랐지만요. 말하자면 동경하는 선배였던 셈이죠.

휴대폰에 연락처만 저장한 채로 2년 반 정도 지났던 것 같아요. 2년 반 사이에 제 연락처는 많은 변화를 겪었어요. 자연스럽게 멀어진 친구도 있고 싸운 친구도 있었죠. 군 입대로 휴학하면서 접점이 사라진 선배들도 있었고, 고향에 돌아가도 만날 수 없는 중·고등학교 친구들 연락처도 있었죠. 모두 정리했어요.

그러다가 선배 번호가 아직 저장되어 있는 걸 발견했어요. 무슨 생각으로 그랬는지, 메시지를 하나 보냈어요. 예전에 특강 때 같은 조였는데 혹시 기억하시냐고. 뭐 그런 이야기였죠. 어떤 목적이 있어서 연락했던 건 아니었어요. 고등학생 때의 그 누나처럼 제겐 이 방면에 대해서는 아무런 문화적 시나리오가 없었거든요. 답장이 오기나 할지, 답장이 오지 않는다면 어떤 기분이 들지, 답장이 온다면 어떤 일이 일어날지, 무슨 대화를 해야 할지 등. 그런 걸 어떻게 미리 다 생각해 보겠어요.

한편으론 선배에게 막연한 기대를 했던 것 같기는 해요. '그렇게 멋졌던 선배가 지금은 어떻게 살고 있을까?', '나를 기억하긴 할까?', '아니, 답장이 오긴 올까?' 뭐 이런 막연한 기대를 했죠.

그런데 단순히 강아지가 넘어지거나 고양이가 앉아 있는 모습을 보는 것만으로 마음이 평온해질 때가 있잖아요? 특별한 목적을 가지고 보는 것도 아닌데 말이죠. 메시지를 보낸 지 이삼일 정도 지나 선배가 답장을 보냈어요.

'알지, 그때 말 예쁘게 하던 후배 아니야? 어쩐 일이야?'

미화시킨 건 절대 아니에요. 정말 이렇게 답장이 왔어요. 3월이 끝나갈 무렵, 자취방에서 여러 고민으로 잠을 못 자고 있던 제게 따뜻한 표현의 답장이 와서 더 기억에 남은 것 같아요. 그러고는 얼마간 메시지를 주고받았어요. 의외로 제 고민을 말하진 않았어요. 지금 생각해 보면 선배에게 의지하거나 의존하려던 건 아니라서 그랬던 것 같아요. 막연한 기대감만 있었던 거죠.

 2시간 정도 메시지로 근황을 주고받았어요. 선배는 IT 계열에 취업하는 것을 목표로 취업 준비를 하고 있더라고요. 선배는 제가 경주 출신이란 걸 기억하고는 경주에 대해 이것저것 물어봤어요. 복학하니까 어떤 느낌이 드는지도 물어봤고요. 심지어 취업 준비가 생각보다 쉽지 않고 그 때문에 사람들도 잘 만나지 않게 되었다는 말도 했어요. 취업을 위한 공부만 힘들었던 건 아니라고 하더라고요. 선배는 오랜만에 학과 후배가 이렇게 연락을 주니 반갑다며 반겨 주었어요. 미리 말씀드리지만 이건 정말 후배에 대한 관심이고 호의였지 그 밖의 다른 것은 아니었어요.

 선배와 대화하면서 몇 가지 느낀 점이 있었어요. '내가 어떤 고민을 하고 있든, 꼭 그 고민의 원인을 찾고 이야기해야만 마음이 편해지는 건 아니구나' 하고요. 빈틈없어 보이는 선배도 나름대로 고민하며 살고 있다는 사실이 신선한 충격을 주었어요. 새로운 시각이 열리는 것 같았죠. 그리고 누군가가 진정으로 호기심을 가지고 질문을 던지기만 해도 그것이 큰 격려가 될 수 있다는 사실도 깨달았어요. 고민과 직접적으로 관련된 질문이 아니더라도 말이죠. 정작 선배 본인은 제게 그러한 영향을 끼쳤는지 모르겠지만요.

아마 그즈음 그런 생각이 들었던 것 같아요. '이런 선배가 되어야겠다'라고 말이죠. 하고 싶은 말을 해 주는 사람이 아니라, '필요로 하는' 말을 해 주는 선배 말이에요. 덕분에 고등학생 때 받았던 그 누나의 배려에도 감사할 수 있게 되었어요.

그렇게 3월의 어느 날 밤 한바탕 이야기를 나누고 나니 쓸데없는 고민들이 가지런히 정리되는 기분이 들었어요. 그게 신기하다고 생각하지도 않았던 것 같아요. 제가 그런 고민을 했다는 사실조차 관심 밖으로 밀려났거든요.

3월이면 아직 일교차가 클 때잖아요? 저녁도 그렇고 아침도 그렇고. 그런데 9시 수업에 가기 위해 아침 일찍 집을 나서는데 공기가 차다는 생각이 들지 않았어요. 오히려 상쾌하다는 생각이 들었죠.

문돌이 시계를 확인했다. 9시 35분이었다.
"시간이 벌써……. 일어나야 하는 거 아니에요?"
"그렇긴 한데, 조금 궁금한 게 있어서요."
"네, 말씀하세요."
설은 휴대폰으로 누군가에게 빠르게 메시지를 보낸 뒤 말했다.
"그러면 그 선배분하고는 아직 연락하세요?"
"아쉽지만 지금은 연락을 안 하고 지내요."

"무슨 일이 있었던 거예요?"

"아뇨, 특별히 무슨 일이 있지는 않았어요. 적어도 제가 보기엔 말이죠."

"아하."

"먼저 이야기했던 누나와 마찬가지로 선배랑도 자주 연락했던 건 아니에요. 귀찮게 하고 싶지 않았거든요. 다만 차이는 있었어요. 그 누나는 제가 고민이 있어 연락하면 보통 그날 이야기하고 그날 이야기를 마무리 지었지만, 선배는 연락하더라도 언제 답장이 올지 알 수 없었어요. 그렇다고 섭섭하거나 그러진 않았어요. 이따금 답장이 올 때면 호기심과 관심을 가지고 이야기를 이어 갔고, 종종 커피도 마시고 밥도 먹었거든요."

"답장이 아직 오지 않았나 봐요?"

"그런 셈이죠. 개인 사정이 있지 않을까요? 아! 몇 년 전에 대기업에 취업했다는 소식을 듣기는 했어요."

그러면서 문돌은 끊어진 과거의 인연을 다시 돌아보니 아쉬운 점도 있는 것 같다고 말했다. 자신에게 긍정적인 영향을 끼친 그들에게 여전히 감사한 마음을 가지고 있기 때문이다. 감사한 마음을 뒤늦게 전달하는 것만큼 어려운 일도 없을 것이다. 전달하고 싶어도 전달할 수 없는 상황이 그를 아쉽게 만들었다.

하지만 상대방에게 그들의 영향력을 들먹이며 이미 옅어

진 연결 고리를 억지로 다시 붙이고 싶은 생각도 없었다. 각각의 경험으로부터 이미 수년의 시간이 흘렀다. 그 사이 자신도 변했고, 누나도 선배도 살아가는 환경과 시간이 다를 터였다. 그때의 경험은 그때 의미가 있었던 것이지, 그 인연에 대한 현재의 평가는 또 각각 다를 수 있다. 그는 문제가 되지 않는 선에서 자신이 느꼈다고 믿는 감사함을 마음속에 간직한 채로 살기로 했다.

문돌의 선배 이야기를 들은 설은 이 대화에서 처음으로 자신에게 필요한 질문을 발견했다. 그녀는 시계와 문돌을 번갈아 본 뒤 물었다.

"선배분도 그렇고 문돌 님도 그렇고 학부 때 전공한 걸 살린 경우는 아니잖아요. 그래도 나름 자리를 잘 잡으신 것 같고. 근데 제 경우에는 그게 힘든 것 같아서요. 저는 이때까지 피아노를 친 게 전부거든요."

설은 다른 학부생과는 다르게 음대생은 지금껏 걸어온 길을 포기하기가 쉽지 않다고 생각했다. 평생 악기만 다루던 사람이 갑자기 공무원이나 은행원이 되겠다고 하는 건 어딘가 부자연스러워 보였기 때문이다. 그녀가 보기에 독어독문학을 전공한 사람이 공무원에 도전하는 것은 한 걸음만 옆으로 옮기면 되는 일이다. 하지만 클래식을 전공한 사람이 공무원에 도전하는 것은 새로운 길을 처음부터 다시 걷는 일이다. 이제 와서 돌아가기엔 너무 늦은 것 같았다.

물론 예외적으로 문돌의 선배처럼 인문학을 전공했음에도 IT 계열로 진로를 선회하는 사람도 있다. 하지만 설이 보기에 인문학과 컴퓨터공학은 클래식 피아노와 비교할 때 공부라는 측면에서 더 친숙해 보였다.

"아, 그래서 대부분 졸업하고 대학원에 간다고."

"맞아요. 이제 와서 다른 걸 하기에는 너무 멀리 온 것 같고……. 그러니까 또 전공을 살려서 미래를 계획해야 할 것 같고……."

설은 불확실한 미래에 자신의 전공을 뺄 수는 없을 것 같다고 말했다. 그러다 보니 더더욱 미래가 불확실해지는 것 같다고 덧붙였다. 그 말을 듣던 문돌이 시계를 한 번 확인하고는 말했다.

"그 부분은 비슷한 거 같아요. 지금까지 해 온 게 아깝잖아요. 저도 그렇게 생각하고요. 대신 전공을 살린다는 말을 조금 융통성 있게 생각해 보면 어떨까요?"

그가 설을 바라보며 말했다.

"전공을 살린다는 게 꼭 그 전공으로, 그 전공을 주로 사용해야 한다는 말은 아닐 수 있지 않을까요? 제 선배 같은 경우도 독일어를 할 줄 아는 IT 계열 직원. 저 같은 경우도 독일어를 조금 할 줄 아는 농담 전문가인 거죠. '농담이 아니라' 조금이라도 독일어를 할 줄 아는 게 제 연구에 정말 큰 도움이 됐거든요."

설은 그의 말을 계속 듣고 있었다.

"비슷하게 직원님도 클래식 전공을 살리는 방식에 굳이 제한을 둘 필요는 없지 않을까요? 클래식을 연주할 줄 아는 카페 사장, 클래식을 연주할 줄 아는 배우 등 말이죠."

"……."

문돌은 방금 자신이 한 말이 단순한 위로의 말이 아님을 해명하고 싶은 마음이 커졌다. 그는 이런 방면에서 굉장히 눈치를 많이 보고 또 말이 많은 사람이었다.

"제 사례를 잠깐 말씀드리면, 오스트리아 출신 심리학자인 프로이트가 쓴 책이 있어요. 독일어로 쓴 책인데, 『농담과 무의식의 관계』라는 책이에요. 저는 대학원에 가서 농담을 연구했기 때문에 당연히 그 책을 읽었죠."

"원서로 읽으셨나요?"

"아, 처음에는 번역본으로 읽었어요. 그리고 프로이트의 주장을 기반으로 연구할 계획도 있었죠. 그러다가 이상한 점을 하나 발견했어요. 『농담과 무의식의 관계』의 원제는 'Der Witz und seine Beziehung zum Unbewussten'인데 여기서 비츠(Witz)는 농담이 아니라 위트를 의미하거든요."

"……."

"아, 제 연구에서 농담과 위트, 유머의 구분은 매우 중요해요. 농담과 위트는 분명 다른 개념이거든요. 어떻게 다른지 설명했다가는 날 샐 수도 있으니 다시 본론으로."

설이 예의상 한마디 던졌다.

"어떻게 다른지 궁금해요."

문돌은 이런 상황이 익숙한 듯 미리 준비된 매뉴얼에 따라 답변했다.

"음, 제가 보기에 농담은 언어적 활동이에요. '농담하다'라고 표현하는 걸 보면 알 수 있죠. 그런데 위트나 유머는 꼭 농담으로 표현될 필요가 없어요. 매우 진지한 말이지만 '위트가 있을' 수 있고, 재밌는 행동을 하는 사람을 보고 '유머 감각'이 있다고 말하기도 하니까요. 그런데 생각해 보면 '위트 있다'라는 표현은 있어도 '위트하다'라는 표현은 없거든요."

"아."

"'유머 감각이 있다'라는 말은 써도 '유머하다'라는 말은 안 쓰잖아요."

"……."

"제가 보기에 위트나 유머는 어떤 행위를 지칭하는 게 아니라 개인의 내적 능력을 지칭하는 것 같아요. 일단 이게 핵심인데, 더 궁금하시면 나머지는 제 수업에서……."

문돌은 멋쩍게 웃으며 대화 주제를 바꾸려고 했다.

"혹시, 이게 농담……?"

"아무튼 제가 드리고 싶은 말은 이거예요. 심사위원들이 언제나 프로이트의 『농담과 무의식의 관계』를 바탕으로 제 논문을 비판하더라고요."

그는 순간 게재 불가 판정을 받은 지난 논문들이 떠올랐는지 잠시 뜸을 들이다 말했다.

"제가 그래도 독일어를 읽을 줄 알기 때문에 프로이트가 말한 것은 사실 농담이 아니라 위트였다고 주장할 수 있었던 거죠. 결과적으로 그 논문들이 게재됐으니 그 영향은 결코 작지 않다고 볼 수 있지 않을까요."

"……."

"독어독문학을 전공한 게 다른 전공의 대학원에 가서도 어떤 방식으로든 긍정적인 영향을 끼쳤잖아요. 한편으론 이것도 전공을 살린 것으로 볼 수 있죠. 전공이 아니었다면 독일어 원문을 살펴볼 엄두도 내지 못했을 테니까요."

"아하."

설은 입술을 조금 벌린 채 고개를 끄덕였다.

그렇다고 그녀가 문돌의 생각에 전적으로 동의하는 것은 아니었다. 어디까지나 문돌과 대화다운 대화를 나누는 건 이번이 처음이었다. 그녀는 문돌이 어떤 사람인지 알 수 없었고, 그가 어떤 시간을 살아왔는지도 알 수 없었다. 이 문제는 자신이 좀 더 고민해 봐야 할 문제라고 결론지었다.

"……."

설은 문돌이 했던 말을 정리해 곱씹어 보았다. 여러 이야기를 한 번에 들어 쉽게 정리되지는 않았다. 그때 문돌이 다시 한번 시계를 보았다. 9시 55분이었다.

"벌써 10시가 다 되었네요. 이제 진짜 가야 하는 거 아니에요?"

그는 자리를 정리하며 설이 자연스럽게 일어날 수 있도록 분위기를 조성했다.

"시간이 벌써 이렇게 됐네요. 이제는 가 봐야 할 것 같아요."

그녀가 말했다.

"오늘 즐거웠어요."

문돌은 자리에서 일어나며 가방을 멘 뒤 컵과 트레이를 들고 가볍게 미소로 답했다. 설의 컵에는 아직 음료가 조금 남아 있었기 때문에 커피를 쏟지 않으려면 약간의 주의가 필요했다. 설은 자리에서 일어나며 자기가 트레이를 들겠다고 말했다. 하지만 문돌은 일할 때 매일 드는 것 아니냐며 직접 트레이를 들고 1층으로 내려갔다.

그는 1층에 있는 직원에게 컵과 트레이를 반납하고는 가볍게 인사를 나눴다. 2월의 밤은 아직 쌀쌀했다. 문돌이 먼저 카페를 나왔고 이어서 설도 따라 나왔다.

"어느 방향으로 가세요?"

"북문 쪽으로 가요."

"저는 집이 근처라 저쪽으로 먼저 가 볼게요. 오늘 너무 제 얘기만 한 것 같아 죄송한 마음이 드네요."

"아니에요. 도움 되는 이야기도 있었던 것 같고, 재미있었어요."

"그랬다면 다행이네요. 그럼 오늘 하루 잘 마무리하시길 바라요. 안녕히 가세요."

문돌이 가볍게 고개를 숙이며 말했다.

"네, 조심히 들어가세요."

솔도 인사를 하며 뒤돌아 갈 길을 갔다.

차가운 밤공기와 상반되게 문돌은 머리에서 열기가 감도는 것이 느껴졌다. 한바탕 이야기를 쏟아 낸 탓도 있지만, 왠지 모를 후회와 아쉬움이 산발적으로 튀어나오기도 했기 때문이다.

'내가 할 수 있는 말만 한 게 맞나?'

그럴 리가.

'정작 고민하는 부분에 대해서는 제대로 못 들은 것 같은데.'

그렇다.

'내가 하고 싶은 말만 한 거 아니야?'

맞다.

'하고 싶은 말이 너무 많아서······.'

필요한 말이 아니라!

"쯧, 쫓기듯 대화가 끝나는 건 항상 찝찝하군. 열정 과다야."

그가 두 손을 주머니에 찔러 넣으며 중얼거렸다.

"적당히 말하고 끊는 건 너무 어려워."

문돌은 심호흡을 크게 하고 터덜터덜 걷기 시작했다. 얼마 걷지 않아 그가 살고 있는 건물이 나왔다. 그는 건물 출입문 앞에 서서 잠시 생각하더니 이내 방향을 틀어 걷던 방향으로 계속 걸었다. 주변에는 담배를 피우는 사람들, 쓰레기봉투를 뒤지는 고양이가 저마다의 시간을 보내고 있었다. 해가 떠 있을 때 늘 보이던 비둘기는 보이지 않았다. 그는 계속 걸었다. 그러다가 번화가에서 조금 떨어진 한 가게 앞에 도착해서야 걸음을 멈췄다.

오두막이었다.

7

오두막은 그가 석사과정생일 때부터 즐겨 찾던 식당이다. 젊은 대학생이 많이 모이는 번화가에서 벗어나 대학가 끄트머리에 있는 오두막의 주 고객은 대학생이 아니었다. 대부분 식당 인근에 거주하는 60대 주민으로 일과를 마무리하고 혼자 혹은 대여섯 명씩 모여 가볍게 술 한잔

하려고 오는 사람들이었다. 젊은 사람은 좀처럼 보기 힘들었다. 문돌은 고작 두 블럭 차이로 자신이 아직 어리다는 사실을 느낄 수 있었다.

오두막은 제육볶음, 해물낙지볶음, 낙지탕탕이, 갈비탕, 배추전, 두부김치, 가자미구이, 잔치국수 등 다양한 음식을 먹을 수 있는 식당인데, 문돌은 종종 머리를 식히기 위해 그곳을 찾았다.

"어, 왔나."

중년의 시기도 어느덧 10년 이상 보낸 듯 보이는 오두막 주인장이 문돌을 반겼다. 그는 주인장의 고향을 막연히 대구나 포항 정도로 짐작했다.

"안녕하세요."

문돌의 경우 혼자서도 종종 술을 마셨기 때문에 주인장은 그에게 일행이 있는지 구태여 물어보지 않았다.

"뭐 줄까?"

"잔치국수랑 소주 한 병 주세요."

"차게?"

그가 가방과 겉옷을 벗어 의자에 떨어지지 않게 두며 말했다.

"따듯하게 주세요."

잔치국수는 그가 이곳에서 가장 즐겨 먹는 술안주인데, 그에 나름대로 자부심이 있었다. 문돌은 약 4년 동안 많은 사람과 함께 이곳을 찾았다. 대학교 동기, 후배, 고향 친구, 대학원 동료, 독서 모임 구성원, 한때 좋아했던 여성까지. 그는 그들에게 언제나 안주로 국수를 추천했다. 사람들의 반응은 한결같았다. '안주로 국수를 먹는다고?'

하지만 그들도 결국 잔치국수의 국물을 마시고는 언제나 '어? 이거 뭐지?'라는 반응을 보였다. 물론 긍정적인 의미로.

국수가 나오기 전, 문돌은 먼저 나온 술을 술잔에 부족하지 않게 따랐다. 그리고 같이 나온 기본 안주와 함께 순차적으로 마시고 먹었다. 그는 얼굴을 살짝 찌푸리며 생각에 잠겼다.

'오늘 말이 너무 많았나?'

그는 조금 전에 설과 나눴던 대화를 되짚어 보기 시작했다. 정확하게는 대화를 나눌 때의 자기 태도를 돌아보았다. 전달하려고 했던 이야기 자체는 빠트린 부분 없이 모두 말한 것 같았다. 대학원생으로서 겪은 어려움, 심리적으로 여유가 없을 때 도움이 되었던 경험과 태도 등. 그리고 자기가 한 말이 정답인 듯 굴지 않으려고 신경도 썼다.

'뭐가 문제지? 왜 이렇게 찝찝할까.'

문돌은 빈 소주잔에 술을 절반쯤 따랐다. 그러고는 물컵에 물을 따른 뒤 소주 한 번, 물 한 번 차례대로 잔을 비웠다. 그는 고개를 숙인 채 잠시 생각에 잠겼다. 오른손 검지로는 테이블을 일정한 간격으로 두드렸다. 마치 다리를 떠는 사람처럼. 점점 더 생각에 빠져들 때쯤 주인장이 잔치국수를 가지고 나왔다.

"맛있게 먹어라."

"감사합니다."

문돌은 손가락 두드리던 것을 멈추고 간장으로 간을 맞췄다. 그리고 국수 한입, 소주 한 잔, 국물 한 숟가락.

이번에는 왼손 검지로 아랫입술을 문지르며 자기가 무슨 생각을 하고 있었는지 처음부터 차근차근 정리했다. 그러다가 불현듯 한 가지 생각이 머리를 스쳤다.

'대학원 진학에 대해 은근히 부정적으로 말한 것 같은데……'

그는 자신이 했던 말을 다시 돌아보았다. 설이 대학원 진학을 고민하는 것에 대해 특별히 부정적인 말을 한 것 같지는 않았다. 그러나 잠시 후, 그의 입에서 '아!' 하고 나지막한 탄성이 새어 나왔다.

'직원님이 대학원과 어울리지 않는다고 생각했구나!'

대학원으로의 도피, 유학 생활에 대한 막연한 동경. 그는 자신이 설에 대해 근거 없는 편견을 가지고 있었음을 깨달았다.

'다음에 만나면 직원님이 좋아하는 게 뭔지 그것부터 물어봐야겠다.'

문돌은 국수를 크게 한 젓가락 먹은 뒤, 소주잔에 술을 따랐다. 그리고 대학원 진학을 결심할 당시의 자기 모습을 돌아보았다. 사람들 눈에 그는 계획성이 부족하고 낭만적인 생각에 빠져 사는 사람처럼 보였다. 하지만 그들은 문돌을 몰랐다. 그는 남들이 보지 못하는 길을 찾고자 했던 것뿐이었다.

  그는 소주를 한 번에 들이켠 뒤 다시 물을 마셨다.

  사람들은 그에게 혼자 술 마시는 것을 조심하라고 경고했다. 맥주까지는 혼자 마셔도 괜찮지만 소주는 위험하다고 했다. 그러나 그는 이렇게 혼자 술을 마실 수 있는 식당을 발견한 것에 자부심을 느꼈다. 시간과 안주 등 효율성만 따진다면 오히려 합리적으로 느껴졌다.

  잔치국수와 소주가 잘 어울린다는 주장은 지인들의 의구심을 낳았다. 그러나 그는 그 의구심을 신선함으로 전환시켰다는 데서 뿌듯함을 느꼈다.

강의실

8

 4월이 밝았다.
 스무 명 가까이 되는 인원이 함께 술 마시며 소리를 지르던 시기는 지나갔으며, 서너 명으로 구성된 새로운 집단이 생겨나기 시작했다. 몇몇은 진지한 관계로 발전하기도 했다.
 그리고 두꺼운 외투를 옷장에 넣어 두고, 밝고 가벼운 옷차림으로 교내를 거닐었다. 이는 곧 중간고사가 그들을 기다리고 있음을 의미하기도 했다. 하지만 모든 수업에서 시험을 치는 것은 아니었다. 〈농담과 대화 연구〉가 바로 그러한 수업이었는데, 문돌은 학생들에게 중간고사 과제로 시험을 대체한다고 공지했다.

 "큼, 공모전 결과 나온 거 확인해 봤어?"
 하얀색 티셔츠 위에 청재킷을 입은 동빈이 인문대 3층에 있는 강의실에 자리를 잡으며 말했다. 먼저 강의실에 도착해 앉아 있던 현민이 옆으로 돌아보며 대답했다.
 "안 그래도 얘기하려고 했는데."
 현민은 두껍지 않은 롱코트를 입고 있었으며, 캐주얼한 로퍼를 신고 있었다. 그가 자리에서 일어나며 말했다.
 "담배 피우러 가자."

동빈은 가볍게 고개를 끄덕이며 강의실을 먼저 나섰다.

"우수상 상금이 얼마였더라?"

현민과 속도를 맞추기 위해 천천히 계단을 내려가던 동빈이 물었다.

"100만 원."

현민이 답했다.

"기대 안 했지만……. 아니, 기대하긴 했는데 막상 결과를 보니까 얼떨떨하긴 하네."

"딱 우수상 받을 정도였던 거 같은데 뭘."

1층에 도착한 그들은 인문대 뒤쪽에 있는 흡연 구역으로 걸어가 담배에 불을 붙이며 계속해서 말했다.

"때마침 그런 생각이 나서."

동빈이 히죽 웃으며 말했다.

지난 2월에 준비했던 금연 포스터 공모전의 아이디어는 이랬다. 하루는 동빈이 현민에게 마지노선의 뜻을 아는지 물어보았다. 그는 비교적 최근에 마지노선이 프랑스의 전쟁부 장관인 앙드레 마지노의 이름에서 유래했다는 것을 알게 되었다.

익숙한 개념 이면의 낯선 유래에 흥미를 느낀 동빈은 이 즐거움을 다른 사람과도 나누고 싶었다. 동빈의 물음에 현민은 물러설 수 없는 한계선 같은 게 아니냐며, 배수의 진 또는 최후의 보루와 유사한 뜻으로 알고 있다고 답했다.

"잠깐만, 최후의 보루?"

현민의 답에 동빈은 무언가 떠오른 듯, 원래 하고자 했던 말을 잠시 뒤로 미룬 채 말했다.

"어, 최후의 보루."

"담배 한 보루에 열 갑 아니야?"

"그렇지?"

"그러면 최후의 보루는 담배가 200개비 남았다는 뜻이겠군."

"……."

"엄청 넉넉하다는 뜻이었네."

동빈은 자신의 농담에 만족스러운 듯 입꼬리를 살짝 올리며 현민의 반응을 살폈다.

현민은 어이가 없었는지 적당히 맞장구를 쳐 주었다.

"그러네."

"야, 잠깐만."

"또 왜?"

"이거 잘만하면 우리 공모전에 써 볼 수 있을 것 같지 않아?"

"……."

"뭔가 나올 것 같은데. 예를 들면……."

"최후의 보루는 넉넉하다는 뜻이 아닙니다. 뭐 이렇게?"
"그렇지! 재밌지 않아?"
"한번 살려 볼 수 있을 것 같기도 한데?"

그날의 대화 이후, 동빈과 현민은 최후의 보루에서 영감을 받은 금연 포스터를 만들기로 했다. 문구와 디자인은 현민이 담당하기로 했다. 현민은 자신이 만든 몇 개의 시안을 동빈에게 보여 주었고, 동빈은 각각의 시안에 대한 장단점을 분석하는 역할을 맡았다. 최종적으로 그들은 하나의 포스터를 선정하는 데 의견을 모았고 우수상이라는 만족스러운 결과를 얻었다.

"상금 받으면 뭘 사야 할까."
동빈이 담배 연기를 내뱉으며 말했다.
"무선 이어폰 하나 사는 거 어떻게 생각해?"
현민이 담뱃재를 털며 말했다.
"삶의 질이 달라질걸?"
그러나 이어폰은 유선 이어폰으로 이미 충분하다고 생각한 동빈이 말했다.
"이어폰은 있으니까, 그 돈으로 독립 출판을 해 볼까? 얼마 전에 보니까 독립 출판을 지원해 주는 과정을 본 것 같은데."

"그래?"

현민이 담배를 크게 한 모금 빨아들였다가 연기를 내쉬었다. 그러고는 말했다.

"뭐, 너 알아서 하겠지."

그가 다시 담뱃재를 털었다.

"아이디어는 늘 충분하니까."

동빈이 말했다.

"크흠, 이게 최후의 개비였네. 이제 올라갈까?"

현민은 고개를 끄덕이며 담배를 몇 모금 더 들이마시고 내쉰 뒤 깡통에 꽁초를 버렸다. 동빈도 그곳에 꽁초를 버리고 함께 3층 강의실로 올라갔다. 그들이 자리에 앉은 지 얼마 지나지 않아 강의자가 들어왔다. 문돌이었다.

9

"여러분, 안녕하세요."

"안녕하십니까."

자리에는 서른 명 정도의 수강생이 앉아 있었다. 결석자는 없었다. 문돌은 가벼운 인사말을 건네며 강의를 시작했다. 지금까지 강의에서 다룬 내용은 농담과 유사 개념의 차이를 밝히는 것이었다. 그는 이러한 방식의 구분이 학생들에게 낯설 것이라는 사실을 알고 있었다. 그래서 본격적으로 진도를 나가기 전에 지난 시간에 다룬 내용을 이해하고 있는지 확인할 필요가 있었다.

"지난 시간까지 농담과 유머 그리고 위트의 특징을 구분해 봤는데, 다들 기억나죠?"

대부분 학생이 문돌을 쳐다보고 있었지만, 딱히 돌아오는 반응은 없었다. 그는 출석부를 보고 이름을 확인한 뒤, 강의실 중간 지점보다 살짝 뒤에 앉아 있는 현민을 발견했다.

"신현민 학생."

"예."

"농담, 유머, 위트의 차이를 설명해 줄 수 있나요?"

현민은 테블릿 PC에 다운받은 강의 자료를 손가락으로 넘기며 확인했다. 얼마간 스크롤을 올리자 '농담의 특징', '유머의 특징', 그리고 '위트의 특징'이라고 제목을 붙인 자료가 나왔다. 그는 그것을 빠르게 훑은 다음 말했다.

"제가 이해한 것을 설명해 보겠습니다."

그가 계속해서 말했다. 그의 목소리에 떨리는 기색은 없었다.

"일반적으로 농담은 언어적 표현 행위임에 반해, 유머와 위트는 언어적 표현은 아니라고 이해했습니다. 왜냐하면 유머와 위트는 어떤 행위라기보다는 개인이 가지고 있는 자질과 관련 있기 때문입니다. 우리는 '농담하다'라는 표현은 쓰지만 '유머하다', '위트하다'라는 표현은 쓰지 않습니다. 대신 '유머 감각이 있다', '그 사람 위트가 있더라'라는 표현은 자연스럽게 씁니다. 이것이 말하는 바는 농담은 유머가 아니며 농담은 위트가 아니라는 것입니다."

현민은 말을 마치고 문돌을 한 번 쳐다보았다.

"네, 현민 학생이 간단하게 잘 정리했죠."

현민은 시선을 책상으로 옮기며 고개를 천천히 끄덕였다.

"덧붙이고 싶은 말이 있는 학생 있나요? 아, 거기 바로 옆에 있는 학생."

동빈이 손을 들었다. 그가 고개를 좌우로 돌리며 다른 학생들의 동태를 살피자 문돌이 동빈에게 신호를 주었다.

"네, 맞아요."

신호를 확인한 동빈은 목을 몇 번 가다듬었다. 그는 조금 떨리는 목소리로 설명하기 시작했다.

"전체적인 설명은 앞서 얘기한 학생이 잘 설명해 준 것 같습니다. 큼큼."

동빈은 문돌을 한 번 쳐다본 뒤, 자기 앞쪽과 양 대각선 방향에 있는 학생들의 반응을 살폈다. 몇몇은 자세를 돌려 자신을 바라보고 있었지만 그 외에는 크게 신경 쓰는 것 같지 않았다. 그가 계속해서 말했다.

"그런데 농담은 유머가 아니며 농담은 위트가 아니라는 점이 이 수업의 핵심은 아니라는 생각이 들었어요. 큼, 제가 보기엔 유머적 요소가 있는 농담이 있고, 유머적 요소가 없는 농담도 있다는 게 핵심인 것 같거든요. 마찬가지로 위트 있는 농담도 있을 수 있고, 위트가 없는 농담도 있을 수 있는 거죠."

그의 목소리는 여전히 약간 불안정했다. 문돌은 고개를 끄덕이며 동빈이 하는 말을 주의 깊게 들었다.

"유머는 삶과 세상을 즐겁고 유쾌하게 바라보는 관점, 그러한 관점을 가지는 능력에 관한 것이잖아요? 위트는 서로 다르게 보이는 것 사이의 유사성을 발견해 재빨리 연결점을 만드는 능력이고요."

그의 목소리에서 가공되지 않은 열정이 새어 나오고 있는 것 같았다.

"이해를 위해 개념을 구분하긴 했지만, 그 개념의 차이에 주목하는 것보다 그것을 어떻게 활용할 수 있는지 고민하는 게 중요하지 않을까 하는 생각이 들었습니다."

그의 목소리가 빨라지면서 대답이 다소 급하게 마무리되는 듯했다. 이 때문에 그가 전달하고자 하는 의미의 중요성이 —몇몇 소수에게는 전달됐지만— 다수의 학생에게는 전달되지 못했다. 대다수는 '당연한 소리를 왜 이렇게 장황하게 말하는 거야' 혹은 '아직 3시 5분밖에 안 됐네'라고 생각하고 있었다. 몇몇은 수업이 본격적으로 시작되지 않았다고 판단해 휴대폰을 보고 있기도 했다. 그러나 문돌만큼은 동빈이 서툴게나마 지적하고 싶었던 부분이 무엇인지 이해했다.

질문 의도에서는 조금 벗어났지만, 오늘 강의할 내용과 밀접한 관련이 있는 지적이었다. 동빈이 말을 마치자 문돌은 학생들을 둘러보았다. 그들은 문돌이 무슨 말을 꺼낼지 기다리는 듯했다.

"이름이……. 동빈 학생 맞죠? 방금 동빈 학생이 말한 내용이 어떤 의도로 말한 것인지 이해되었나요?"

그리 크지 않은 강의실 곳곳에서 '네'라는 소리가 작게 퍼졌다.

"아주 중요한 내용을 잘 말해 준 것 같아요. 오늘 다룰 내용이 바로 이 부분이거든요."

그는 여기서 말하는 이 부분이 정확히 무엇을 가리키는지 설명했다.

재미없는 농담도 농담이다

"여러분은 재미없는 농담을 들으면 어떤 기분이 드나요?"

조금 전보다 다양한 목소리가 들려왔다. 짜증 난다, 관심을 주지 않는다, 재미없는 농담을 한 사람을 놀리고 싶은 욕구가 생긴다 등.

"그러면 질문을 조금 바꿔 볼게요. 재미없는 농담은 농담이 아니라고 생각하나요, 혹은 재미가 없어도 농담은 농담이라고 생각하나요?"

다시 한번 강의실이 고요해졌다. 그러나 조금 전과 달리 이번에는 생각할 시간이 필요한 데서 오는 고요함이었다. 문돌은 학생들의 반응을 살폈다. 얼마간 시간이 흐르자 몇몇 용기 있는 학생이 '재미없는 농담은 농담이 아니다'라고 답했다. 잠시 후에는 몇몇 학생이 '재미없는 농담도 농담이다'라고 말했다.

"재미없는 농담은 농담이 아니라고 말한 학생부터 이야기를 들어볼까요?"

문돌은 앞서 재미없는 농담은 농담이 아니라고 말한 학생 중 한 명을 지목했다. 지목받은 학생이 말했다. 심리학과 학생이었다.

"일반적으로 농담은 듣는 사람이 재밌어야 한다고 생각하잖아요? 상호 작용이 중요한데, 상대방이 재미를 느끼지 못하는 말을 혼자 재밌어한다고 그게 농담이 되지는 않을 것 같아요."

문돌은 알 수 없는 표정을 지으며 이야기를 끝까지 들었다.

그런 다음 다른 학생을 지목해 왜 재미없는 농담도 농담으로 볼 수 있는지 물어보았다. 지목받은 학생은 철학과 학생이었다.

"대화에서 상호 작용이 중요한 이유는 의미를 정확하게 전달하기 위해서라고 생각합니다. 그런데 A라는 사람이 재미있어한 농담을 B라는 사람이 재미없어한다고 해서 농담이 농담이 아니게 되는 건 아니라고 생각합니다."

철학과 학생은 자신의 설명에 뭔가 부족함을 느꼈는지 한 호흡을 쉬고 덧붙였다.

"예를 들어 제가 교수님에게 욕을 했다고 가정해 보겠습니다. 교수님은 당연히 화가 나시겠죠?"

그가 문돌을 보며 물었다. 문돌은 어깨를 으쓱했다. 그 모습을 동빈이 지켜봤다. 철학과 학생이 계속해서 말했다.

"교수님에게 사용한 같은 욕을 친구에게 했다고 가정해 보겠습니다. 만약 그 정도 표현을 친근하게 주고받을 수 있는 사이라면 그 친구는 화를 내지 않을 수도 있지 않을까요?"

그가 이번에는 오른쪽에 있는 동빈을 쳐다보고 말했다. 이번에는 동빈이 어깨를 으쓱했다.

"그런데 누가 됐든, 그 표현을 듣고 기분이 좋지 않던 기분이 나쁘지 않던 우리 사회에서 그 표현 자체가 욕으로 인식되는 것은 변함없다고 생각합니다."

철학과 학생이 말을 마치자 강의실은 다시 고요해졌다. 제시한 가정과 예시 그리고 질서 잡힌 문장에 다른 학생들은 더는 논의를 이어 갈 의욕을 잃어버린 듯했다. 적당히 분위기를 살피던 문돌이 이 주제에 관한 자신의 견해를 밝히려고 할 때쯤 동빈이 손을 들었다.

"큼, 저는 다르게 생각합니다."

이번에도 목소리가 살짝 떨렸다. 문돌은 1시간 15분이라는 짧은 수업 시간 내에 마무리해야 할 진도를 고려하지 않을 수 없었다. 하지만 이 같은 활발한 토론의 기회를 놓치는 것 또한 아쉬운 법. '진도는 융통성 있게 나가면 될 일'이었다.

"그러면 마지막으로 동빈 학생 이야기를 들어볼게요."

"말의 표현만 가지고 '욕설' 또는 '농담'이라고 말할 수는 없을 것 같아요. 예를 들어 동일한 친구에게 '돼지야'라고 말했다고 해 볼게요."

동빈은 철학과 학생 쪽으로 고개를 돌리려다가 반대쪽으로 고개를 휙 돌려 현민을 바라보았다.

"그런데 이 '돼지야'라는 표현은 상황에 따라 욕이 될 수도 있고, 농담이 될 수도 있고, 심지어 애정 표현도 될 수 있지 않나요?"

동빈은 침을 한 번 꼴깍 삼키고는 이어서 말했다.

"큼! 심지어 농담이자 욕이 될 수도 있고, 애정의 표현이면서 농담이 될 수도 있고요. 맥락이 중요하다고 생각해요. 맥락이."

그는 문돌을 쳐다보며 이야기를 마무리했다.

"좋습니다. 다들 좋은 의견 많이 제시해 줘서 수업이 더 재밌어지는 것 같네요. 여러분이 말한 내용이 어떤 부분은 제 생각과 비슷하고 또 어떤 부분은 저랑 조금 다른 것 같아요. 그러면 이 부분을 설명하면서 오늘 진도를 나가볼게요."

문돌의 강의 내용에 따르면 재미없는 농담도 분명 농담이었다. 그는 한 가지 비유를 들어 이를 설명했다. 그가 보기에 농담은 일종의 고백 편지 같은 것이다. 이를테면 이런 것이다. 한 소년이 어떤 소녀에게 애틋한 마음을 고백하기 위한 편지를 썼다. 그리고 나름의 고민 끝에 —버스에서든 정류장에서든— 편지를 전달하는 데 성공했다. 만약 소녀도 소년을 좋아한다면 그 편지는 무척 설레는 고백 편지가 될 것이다. 하지만 그렇지 않다면 그 편지는 매우 당혹스러운 고백 편지가 될 것이다.

농담 역시 마찬가지다. 상대방을 웃기는 데 실패하면 그것은 재미없는 농담이 될 것이고, 웃기는 데 성공한다면 그것은 재미있는 농담이 될 것이다. 농담의 결과만으로는 그것이 농담인지 아닌지 판단할 수 없다. 이것이 문돌이 생각하는 농담의 특징이었다. 그가 농담을 은유적인 표현으로 설명하자 몇몇 학생이 고개를 갸웃거리기 시작했다. 설명이 납득되지 않았기 때문이다. 그때 심리학과 학생이 손을 들고 질문했다.

농담과 윤리적 문제

"교수님, 농담이 재미로 결정되는 게 아니라는 것은 받아들일 수 있더라도……."

심리학과 학생은 잠시 말끝을 흐리더니 무언가 결심한 듯 조심스럽게 다시 질문했다.

"설마 윤리적으로 문제가 되는 농담도 농담이라고 생각하시는 건 아니겠죠?"

심리학과 학생의 말에 강의실 내 학생들이 순간 약속이라도 한 듯 웃음을 터뜨렸다. 마치 '네가 사람이라면 이 질문에 대한 답은 정해져 있는 거 알지?'라고 말하는 것 같았기 때문이다. 물론 다른 학생들 역시 이 질문이 머릿속에 떠올랐고 대부분 심리학과 학생과 같은 생각을 하고 있었다. 그러나 문돌은 달랐다.

"놀랍게도……."

문돌이 답변하기 위해 첫 마디를 꺼내자 강의실이 순간

적으로 다시 고요해졌다.

"윤리적으로 문제가 된다고 해서 농담이 농담이 아니게 되는 것은 아닙니다."

그가 계속해서 말했다.

"여러분은 교통수단으로 이용하는 자동차가 교통 법규를 위반해 사고를 냈다고 해서 그 자동차를 자동차가 아닌 다른 무언가로 부르나요?"

강의실은 여전히 조용했다.

"사고를 낸 자동차라 하더라도 여전히 자동차이지 않나요?"

그러나 이 침묵은 동의하는 의미의 침묵이라기보다는 문돌이 무슨 말을 할지 일단 기다려 보자는 침묵이었다.

"여기서 구분해야 하는 것은 윤리적으로 문제가 되는 농담이 있을 수 있다는 점이지, 윤리적으로 문제가 된다고 해서 농담이 아닌 것은 아니라는 거예요."

그때 동빈이 물었다.

"큼, 그러면 교수님도 그런 농담이 문제가 있다고는 생각하시는 거죠?"

문돌이 답했다.

"그럼요. 그런 농담으로 인한 피해에 대해서는 책임지는 것이 맞고, 안 하는 게 나을 때가 훨씬 많다고 생각해요."

동빈은 자기가 알고자 했던 내용을 확인했는지 고개를

끄덕이며 문돌의 말에 수긍했다. 그러나 현민은 여전히 어떤 의구심이 사라지지 않은 듯 보였다.

농담에 대한 책임 문제

"말은 이렇게 쉽게 했지만, 사실 책임이라는 문제가 그렇게 간단하지는 않아요."

문돌은 농담에 대한 책임 문제는 이번 수업에서 다룰 내용을 넘어서는 일이라고 말했다. 하지만 책임 문제가 왜 모호해지는지 정도는 이후의 수업을 위해서라도 이야기하는 것이 좋을 것 같다고 덧붙였다.

"여러분, 복잡한 해안선의 길이를 어떻게 측정할까요?"

학생들은 갑자기 해안선 이야기를 꺼내는 문돌의 의도를 파악할 수 없었다. 그들은 이번에도 문돌이 무슨 말을 할지 지켜보았다.

"보통 기준이 되는 직선 길이를 정해요. 그런 다음 측정된 지도에서 직선을 활용해 측정값을 정해요. 섬인 경우엔 다각형으로, 섬이 아닌 경우에는 여러 번 꺾이는 선으로 말이죠. 그런데 이때 말하는 측정값이란 무엇을 말하는 걸까요?"

철학과 학생이 답했다.

"절대적인 해안선의 길이가 아니라 기준이 되는 직선을

활용한 것. 다시 말해 절대적인 해안선의 형태가 아니라, 측정된 지도를 측정한 값이라고 생각합니다."

"그렇죠. 그 말은 해안선의 길이를 측정하는 데 활용되는 지도나 기준이 되는 직선의 길이에 따라 측정값, 즉 결과값이 달라진다는 거예요. 여기까지 다들 이해되나요?"

강의실에서 산발적으로 '네'라는 소리가 들려왔다.

"이것이 주는 교훈은 같은 대상을 놓고 무언가를 바라볼 때, 그것을 보는 기준에 따라 결과가 달라질 수 있다는 거예요."

그는 이 지점에서 강의실 분위기를 살폈다. 학생들은 나쁘지 않게 강의에 몰입해 있는 듯했다.

"농담도 비슷한 것 같아요. 고려한 기준에 따라 결과가 달라질 수 있으니까 말이죠."

이때 심리학과 학생이 질문했다.

"교수님이 생각하시는 그 기준이라는 건 친한 정도, 윤리적 의식 수준 같은 것인가요?"

"물론 그러한 것도 기준에 포함될 수 있죠. 다만, 제가 말씀드리고 싶은 것은 농담에 대한 책임 문제가 왜 애매모호해지는 것인가에 관한 것이기 때문에 그 부분에 초점을 맞춰서 이야기를 계속해 보겠습니다."

그가 이어서 말했다.

"개인의 의식 수준, 친밀성 등이 농담을 주고받을 때 중요한 판단 기준이 될 수 있겠죠. 그런데 문제는 우리가 사용하는 농담을 듣는 청중, 그러니까 농담-청자의 범위에 따라서도 농담에 대한 책임 소재가 달라질 수 있다는 거예요. 예를 하나 들어볼까요? 제가 여러분을 대하는 모습과 대학교 친구를 대하는 모습이 같지 않을 거란 사실은 자연스러워 보이죠?"

학생들은 고개를 끄덕이며 문돌의 이야기에 집중했다.

"제가 친구들에게만 쓰는 거친 표현으로 농담하고 있을 때, 여러분이 그 말을 우연히 들었어요. 그런데 그 표현이 여러분 입장에서는 거부감이 들 만한 표현이었던 거죠. 그래서 여러분의 기분이 안 좋아졌다고 가정해 볼게요. 이런 상황에서 저는 과연 여러분에게 잘못을 한 것일까요? 그래서 어떤 책임을 져야 하는 것일까요?"

문돌이 철학과 학생 쪽으로 시선을 옮겼다.

"저는 책임지지 않아도 된다고 생각합니다. 농담하는 사람이 고려하는 청중에 학생들은 없었기 때문입니다. 농담을 평가할 때는 농담을 직접 듣는 사람의 반응이 중요한 것 같습니다."

그러자 이번에는 또 다른 학생이 철학과 학생의 주장을 문제 삼으며 반박했다. 신문방송학과 학생이었다.

"그렇게 말하면 너무 무책임한 것 아닌가요? 우리가 도서관에서 시끄럽게 말하지 않는 이유가 뭐라고 생각하세요?

옆에 있는 사람에게 말했다 하더라도, 근처에 있는 사람에게까지 제 목소리가 들렸을 때 '너한테 말한 거 아닌데?'라고 할 수 있을까요? 우리가 도서관에서 시끄럽게 말하지 않는 이유는 자기 의도와는 별개로 일어날 수 있는 일에 주의를 기울이고 책임을 다하기 위해 그러는 것 아닌가요? 이런 관점이라면 교수님의 태도가 부주의했다고 비판할 수 있을 것 같습니다."

신문방송학과 학생의 날카로운 지적에 철학과 학생은 다시 생각에 잠겼다. 현민은 신문방송학과 학생의 주장이 만족스러웠는지 비로소 표정이 한층 편안해졌다. 얼마간의 침묵이 흐르고 문돌이 다시 말했다.

"맞아요. 둘 다 충분히 고려해야 하는 문제죠. 그렇지만 이 둘만 고민해야 한다면 상황이 그렇게 복잡하지 않을지도 모릅니다. 하지만 실제로는 그렇지 않죠. 왜냐하면 우리가 청중의 상황을 고려해 농담했다 하더라도, 그것이 제3자에 의해 고려되지 않은 불특정 다수에게 전파될 수 있기 때문이죠. 그렇다면 그런 상황에서도 농담한 사람은 책임을 져야 할까요? 책임을 진다면 어떤 책임을 져야 할까요?"

동빈이 고개를 끄덕이며 혼잣말로 중얼거렸다.

"너무 어려운 문제네요."

그의 혼잣말이 강의실 내에 있는 모든 사람에게 또렷

이 들렸다.

"사실 저도 잘 모르겠어요. 분명 그럼에도 책임을 져야 하는 상황도 있을 것이고, 그럼에도 불구하고 책임을 질 필요가 없는 상황도 있을 것이고……."

문돌은 농담의 책임과 관련된 이야기는 일단 이 정도에서 마무리하면 될 것 같다고 생각했다. 그는 다음 강의 내용을 진행하기 전, 잠시 창가를 바라보았다. 고요했던 강의실 안으로 인근 공항에서 출발한 비행기 소리가 파고들어 왔다. 아주 적절한 몇 초간의 사색 시간이 이어졌다.

10

비행기 소리가 옅어졌고, 강의는 아직 끝나지 않았다.

문돌은 잠시 뜸을 들인 뒤 말했다.

"우리가 사용하는 모든 언어는 맥락에 따라서 관습화되는 경향이 있어요."

그는 마지막 순간까지 이 내용을 강의에서 다룰지 말지 고민했다. 학생들이 이 내용을 이해할 수 있을지 걱정되었기 때문이다.

그래도 할 건 해야 했다. 그는 결심한 듯 강의를 이어갔다.

"일상생활보다는 법정에서 통용되는 언어 표현이 있고, 자연과학보다는 인문학에서 통용되는 언어 표현도 있으니까요. 요점은 우리가 속한 영역에 따라 관습화된 언어 표현이 있다는 거예요. 그렇게 관습화된 표현은 어느 정도 고정된 쓰임이 기대되죠."

그가 지금부터 다룰 내용은 학부생이 이해하기엔 다소 난해한 주장이었다.

관습화된 농담은 없다

문돌이 계속해서 말했다.

"그런데 재밌는 것은 농담은 관습화되지 않는다는 거예요. 다른 언어 습관과 다르게 농담을 위한 언어 표현은 없다는 거죠. 왜냐하면 농담하기 위해선 반드시 다른 곳에서 관습화된 표현을 빌려야만 하거든요. 아니면 농담을 표현할 방법이 없어요. 우리가 일상생활에서 사용하는 일상 언어 역시 농담이 빌려야 하는 언어 관습 중 하나죠."

문돌의 설명이 여기까지 이어지자 수강생의 절반 정도는 이해하기를 포기한 듯했다. 그들의 집중력이 급속도로 흐트러졌다.

반면에 고도의 인내심을 발휘해 문돌의 주장을 끝까지 따라가려는 학생들도 있었다. 물론 아직은 이해에 어딘가 빈틈이 있기는 했지만 말이다. 현민이 물었다.

"질문 있습니다, 교수님. 그렇게 따지면 어떠한 언어 표현도 일상적인 언어를 빌리지 않고는 할 수 없는 것 아닐까요?"

문돌은 현민을 바라보며 되물었다.

"예를 들면?"

그러자 현민이 기다렸다는 듯 재빨리 답했다.

"비속어를 예로 들어보겠습니다. 저희가 '개새끼'라는 표현을 욕으로 사용하기는 하지만, 그 표현이 처음부터 욕을 위해 만들어진 표현은 아니라고 생각합니다. 처음에는 강아지를 의미하는 일상적인 표현이었을 테니까요. 그렇다면 비속어도 일상적인 표현에서 빌린 것으로 봐야 하지 않을까요? 농담을 위한 언어 표현이 없다는 것은 너무 당연하고 또 농담만 그런 것은 아닌 것 같습니다."

동빈은 그들의 주장을 나름대로 정리한 뒤 자신은 이 문제를 어떻게 이해하는지 생각해 보았다.

"그렇게 생각할 수 있어요. 그러면 조금 바꿔서 설명해 볼게요."

문돌이 계속해서 말했다.

"여기서는 어떤 표현이든 각각의 맥락에 따라 언어 표현이 관습화되었다는 게 핵심이에요. 아까 예로 든 '개새끼' 같은 경우, 얘기한 것처럼 오늘날 사람들이 대부분 비속어로 이해하고 있어요. 왜냐하면 그 표현이 비속어로 관습화되었기 때문이죠."

그는 현민이 설명을 이해하고 있는지 살펴보았다. 현민은 그의 설명을 기다리고 있었다.

"그런데 학생이 생각했을 때, 우리 문화에 관습화된 농담이 있는 것 같나요?"

"……."

"관습화된 농담에 대해 한 가지만 예를 들어 줄 수 있을까요?"

현민은 고개를 갸웃하며 한 가지 사례를 찾기 위해 머리를 굴렸다.

"당장 예시가 떠오르진 않지만, 우리 사회에 널리 퍼진 유머 감각 있는 농담, 위트 있는 농담은 관습화된 농담이라고 볼 수 있지 않을까요?"

끈기 있게 수업을 따라온 몇몇 학생은 현민의 말에 '오-'라고 호응하며 고개를 끄덕였다. 동빈은 여전히 골똘히 그들의 대화를 따라가고 있었다. 그때 문돌이 답했다.

"관습화됐다면 언제든 일정한 의미로 사용할 수 있겠죠? 비속어처럼. 관습화된 농담 하나만 해 줄 수 있나요?"

"……."

현민은 문돌이 원하는 대답을 찾기 위해 기억 속에 남아 있는 농담이 있는지 다시 살펴보았다. 그러나 문돌을 납

득시킬 만한 농담이 쉽게 떠오르지 않았다. 그때 옆에서 동빈이 말했다.

"큼, 제가 예를 들어 보겠습니다."

동빈의 지원 사격이었다.

"교수님은 최후의 보루가 무슨 뜻인지 아시나요?"

"최후의 보루요?"

"네."

"마지막 방어선이라는 뜻 아닌가요?"

"어쩌면 그럴 수도 있죠. 하지만 틀렸습니다. 최후의 보루란 담배가 200개비 남았다는 뜻이니까요. 마지막이 아니라 엄청 넉넉하다는 말이죠."

동빈은 입술을 꽉 다문 채, 한쪽 입꼬리를 올리며 주변 사람들의 반응을 살폈다. 담배를 피우는 사람이라면 이 표현이 무엇을 의미하는지 알리라. 주변에서 키득거리는 소리가 들려왔다. 그는 어깨를 으쓱하며 문돌에게로 시선을 옮겼다. 소리 내어 웃진 않았으나 분명 문돌 역시 미소를 지으며 웃고 있었다. 한바탕 유쾌한 분위기가 유지된 후 문돌이 다시 말을 이었다.

"우선 아주 재치 있는 예를 들어 준 동빈 학생에게 박수를 보냅니다."

그가 가볍게 박수를 보낸 뒤 말했다.

"자, 그럼 분석해 볼까요?"

문돌은 강의실 뒤에 걸려 있는 시계를 보며 시간을 확인했다. 어느덧 시각이 4시를 향하고 있었다. 그는 크게 심호흡한 뒤 입을 열었다.

"방금 그 말은 '최후의 보루'라는 표현, 담배를 셀 때 쓰는 일상적인 언어 표현을 빌린 농담으로 볼 수 있겠죠?"

동빈이 말없이 고개를 끄덕였다.

"여기까지는 우리가 모두 동의하는 내용인 것 같네요. 자, 그럼 '다른 언어 관습처럼 농담도 관습화될 수 있는 것 아니냐?'라는 반문에 대해 따져 봅시다. 동빈 학생은 방금 농담을 어떤 의도로 한 거죠?"

"크흠, 사람들이 일반적으로 생각하는 '최후의 보루'와 제가 말한 '최후의 보루' 사이에 존재하는 대비되는 뉘앙스를 표현하고자 했습니다."

문돌은 고개를 살짝 저으며 다시 물었다.

"아뇨, 방금 농담에 대한 '유머'나 '위트'에 대한 설명 말고요. 농담할 때 머릿속에서 어떤 의도가 떠올랐는지 생각해 보세요. 제 질문에 답해야겠다는 생각이 떠올랐을 수도 있고, 제 주장을 무너뜨리고 싶은 생각이 떠올랐을 수도 있을 거예요."

"아!"

동빈은 잠시 고민하더니 문돌의 질문에 다시 답했다.

"생각해 보니 웃기려고 한 건 아니었고, 교수님을 무너

뜨리고 싶다는 생각은 더더욱 아니었던 것 같아요. 그냥 분위기가 조금 무거워진 것 같아서 농담해야겠다고 생각했던 것 같아요. 최후의 보루라는 표현으로 공모전에서 상도 받았거든요."

동빈이 짐짓 쑥스러운 체했다.

"공모전에서 상을 받았다니 대단한데요?"

문돌은 다시 가볍게 박수를 보냈다. 그런 다음 말했다.

"자, 방금 동빈 학생이 아주 중요한 말을 했어요. 동빈 학생은 다소 어려운 내용의 토론 속에서 무거워진 분위기를 완화하기 위해 농담을 했다고 말했죠? 그렇다는 것은 '최후의 보루'라는 농담의 의도가 '무거워진 분위기 완화'에 있다는 거죠."

그는 학생들의 분위기를 살폈다.

"만약 농담도 관습화될 수 있다면 '최후의 보루'라는 농담도 관습화될 수 있어야겠죠?"

이 질문에 학생들은 동의한다는 듯이 '네'라고 답했다.

"관습화됐다고 가정해 봅시다. 그러면 무거워진 분위기를 완화할 때, 누군가를 비하하기 위해 '개새끼'라는 표현을 쓰는 것처럼 '최후의 보루'를 쓸 수 있을까요?"

학생들은 질문을 아직 이해하지 못했다는 듯 침묵을 지켰다.

"바꿔 말해 언제, 어디서든 '최후의 보루'라는 표현이

'무거워진 분위기의 완화'라는 의미로 사용될 수 있느냐는 거죠."

그때 심리학과 학생이 질문했다.

"적어도 이 강의실 내에선 가능하지 않을까요?"

"음……, 그럴 수도 있겠죠."

문돌은 잠시 뜸을 들인 뒤 말했다.

"'최후의 보루'가 이 강의실에선 관습화되었다고 가정해 봅시다. 그런데 '최후의 보루'가 그렇게 관습화되면 이 표현을 여전히 농담으로 생각할 수 있을까요? 그러한 표현을 일상적인 표현으로 생각하지 않을까요?"

그때 동빈이 질문하기 위해 손을 들고 문돌을 쳐다보았다. 그러나 문돌은 오른손을 살짝 들어 아직 할 말이 더 남았음을 표현했다.

"물론! 고려하는 농담-청자의 범위와 바뀐 맥락에 따라 여전히 '최후의 보루'라는 표현이 활용될 수는 있겠죠. 하지만 그렇다고 하더라도 그때의 '최후의 보루'는 우리가 관습화되었다고 말한 '최후의 보루'와 같은 의미는 아니지 않을까요? 바뀐 상황에서 '최후의 보루'를 활용한 농담은 관습화된 농담이라기보다는 오히려 일상적인 언어 표현이 된 '최후의 보루'를 빌린 농담이라 보는 게 맞겠죠. 혹은 전혀 새로운 맥락에서 사용했거나."

그가 학생들을 보며 분명하게 말했다.

"농담은 다른 언어 관습의 표현을 빌려 쓰기 때문에 어떠한 대화에도 자연스럽게 스며들 수 있습니다. 농담은 자체적인 언어 관습의 제약을 받지 않기 때문에 대화 중에 자유롭게 활용하더라도 전혀 어색함이 없죠. 어떠한 종류의 이야기를 나누더라도 대화 중간에 '농담'보다 자연스럽게 끼어들 만한 언어 관습이 있을까요?"

학생들은 침묵을 지켰다. 그때 동빈이 다시 손을 들었다. 문돌은 시계를 바라보았다. 어느덧 4시 15분이 다 되었다. 그는 잠시 고민한 뒤, 동빈에게 질문하라고 손짓하며 말했다.

"자, 방금 동빈 학생이 제 최후의 보루를 파괴했습니다."

학생 몇몇이 피식하며 웃었다.

"농담이었고요, 마지막으로 질문 하나만 더 들어볼게요. 얘기하세요."

동빈이 말했다.

"농담이 관습화되기 어렵다는 것은 이해할 수 있을 것 같은데요. 그런데 농담이 관습화되지 않는다면 상대방의 농담을 어떻게 이해할 수 있을까요? 저는 방금 교수님의 농담을 이해하지 못했거든요. 앗! 농담입니다."

동빈은 질문한 뒤 가볍게 웃었다.

이번에는 아까보다 더 많은 웃음소리가 들렸다.

"그 부분은 원래 다음 시간에 다루려고 했습니다. 오늘은 짧게 설명해 볼게요."

 문돌이 조금 빠르게 답했다.

"우리가 농담을 하는 이유는, 나아가 말을 하는 이유는 의도를 상대방에게 전달하려는 목적이 커요. 상대방이 내 농담을 이해하지 못한다면 농담으로부터 얻을 수 있는 효용감도 낮을 거고요. 그래서 농담을 잘하는 사람은 자기가 하는 말이 농담임을 알리기 위해 여러 가지 신호를 자연스럽게 덧붙이기도 합니다. 동빈 학생이 말한 '앗! 농담입니다'처럼 말이죠."

 수업이 끝난 학생들이 웅성거리는 소리가 복도에서 들려오기 시작했다. 문돌은 서둘러 설명을 마무리해야겠다고 느꼈다.

"우리가 지금까지 배운 유머 감각과 위트를 드러내는 것은 농담의 의도를 전달하기에 좋은 도구가 될 수 있습니다. 물론 꼭 필요한 것은 아니지만요. 또 한 가지 중요한 점은 농담을 듣는 사람의 유머 감각과 위트 역시 중요하다는 거예요. 제가 보기에 좋은 농담은, 이런 표현이 가능할지 모르겠지만 '예술적인 농담'은 농담하는 사람과 듣는 사람이 함께 만들어 가는 거라고 생각해요. 그리고 유머와 위트가 연결 고리가 될 수 있고요. 자, 그럼 자세한 내용은 중간고사 기간이 끝난 뒤에 다시 하겠습니다."

문돌은 수업을 마무리하기 전에 중간고사를 대체할 과제와 관련된 사항을 짧게 공지한 뒤 강의실을 빠져나갔다. 학생들 역시 자리를 정리한 뒤 하나둘 강의실 밖으로 나갔다. 동빈과 현민은 서두르지 않고 느긋하게 자리에서 일어났다.
"담배 피우러 갈래?"
 동빈이 물었다. 현민이 짧게 답했다.
"좋지."
 그들은 가방을 챙겨 강의실 밖으로 나갔다.
 동빈의 장난기 가득한 표정에는 호기심과 즐거움이 있었지만, 현민의 표정은 어쩐지 조금 어두워 보였다.

11

"이 수업 너무 재밌는데?"
 동빈이 계단 맞은편에서 올라오는 사람을 피하며 말했다. 현민 역시 같은 사람을 피하며 말했다.
"너는 그럴 거 같더라."
 그러나 현민은 동빈이 생각하는 것만큼 수업에서 흥미를 느끼는 것처럼 보이지 않았다.
"유머와 위트를 구분하는 것도 신기했는데, 농담을 이렇게 분석할 수 있다는 게 너무 신기하던데."

"그런가."

"넌 안 그런가 보네?"

"재미만 없으면 다행이지."

"왜?"

"너무 쓸데없잖아. 그 분석이."

"나는 너무 쓸모 있어 보이던데."

그때 옆에서 같은 수업을 듣는 다른 학생의 말소리가 들려왔다. 그 학생은 무척 해맑게 옆에 있는 친구에게 말했다.

"근데, 농담을 위한 언어 표현은 없다고 했잖아요. 그러면 유머나 위트가 농담을 위한 표현이 아닌 거예요?"

동빈은 현민과의 대화를 잠시 멈추고, 그들의 대화에 귀 기울였다. 한 명은 존댓말을, 다른 한 명은 반말을 하는 것으로 보아 선후배 관계처럼 보였다.

"아니지. 유머나 위트는 언어적 표현이 아니라고 했으니까. 농담은 언어적 표현이라고 했잖아."

"그래요? 농담은 언어적 표현인데, 농담을 위한 언어 표현은 없다니. 이건 무슨 소리예요?"

"그건 나도 잘 모르겠어. 그나저나 어디서 술 마실래? 북문으로 갈까?"

"북문 좋지요!"

"그럼 이따 7시쯤 연락할게."

한 명은 남성, 다른 한 명은 여성. 그 술자리에는 몇 명이 있을까? 이 친구들은 중간고사 공부를 하지 않나? 만약 둘이 술을 마신다면 머지않아 연인 관계로 발전하겠군. 동빈은 짧은 대화를 통해 여러 가지 가능성을 떠올려 보았다. 뭐, 아무렴 자기 삶과는 전혀 상관없는 상상이었지만 말이다.

동빈은 계단을 모두 내려온 뒤 인문대 후문으로 나가며 주머니에 두 손을 찔러 넣었다. 생각보다 가벼운 담뱃갑의 무게가 현실적인 무언가를 상기시켜 주었다. 그는 현민을 향해 검지 하나를 펴 보였다.

현민은 말없이 담뱃갑을 동빈에게 내밀었다. 동빈은 현민의 담뱃갑에서 담배 한 개비를 꺼내 고맙다는 인사를 한 뒤 불을 붙였다.

"아까 분석이 쓸데없다는 말은 무슨 뜻이야? 제대로 이해를 못 해서 그런 거 아니야?"

그는 조금 전 계단에서 들은 선후배 간의 대화를 떠올렸다.

"이해는 했지."

현민은 담배를 한 모금 깊이 빨아들인 뒤 내쉬며 말했다.

"솔직히 너무 갇혀 있는 것 같지 않아? 우리가 여기서 이게 농담이 맞냐 아니냐 따지고 있을 때 다른 학교 애들은 뭐 하고 있을 거 같아?"

"뭐, 비슷한 공부를 하고 있겠지."

그는 담뱃재를 털며 동빈을 쳐다보았다.

"아니라니까."

그 목소리에는 약간의 답답함과 짜증이 묻어 있었다.

"걔들은 우리 삶에 실제로 적용할 수 있는 걸 배우고 있는데 우리는 이게 뭐야. 윤리적으로 문제가 되는 농담도 농담이라고? 그럼 그런 농담을 해도 된다는 거야?"

현민의 불만을 잠자코 듣던 동빈은 솔직히 말해 그가 어디에서 기분이 상했는지 알 수 없었다. 다만 현민이 수업 내용을 여전히 제대로 이해하지 못한 것 같다는 점은 확실해 보였다. 그는 어째서인지 이 지점을 바로잡고 싶은 욕구가 솟구쳤다.

"큼, 그런 농담을 해도 된다는 말이 아니지. 수업 마지막 부분에 짧게 말한 것처럼 유머나 위트가 있는 농담을 써야 한다는 거잖아."

"그러면 왜 농담을 유머나 위트와 구분한 건데? 어차피 같이 필요한 거라면."

"나도 잘은 모르겠는데……. 아마도 농담을 듣는 사람의 자세나 태도를 설명하기 위해서 그런 거 아닐까? 어쩌면 세상을 바라보는 삶의 태도에 대해 말하는 것일 수도 있고."

"유머와 위트의 개념을 구분하는 게 세상을 바라보는 삶의 태도를 말하는 거라고?"

"그럴 수도."

"학교가 확실히 고이긴 고였네."

"뭐, 그럴 수도."

"완전히."

그들은 말없이 담배를 몇 모금 더 피웠다. 어느새 담배 개비가 담배꽁초로 변했다. 그들은 꽁초에서 재를 털고는 깡통으로 던졌다. 현민의 표정은 여전히 개운해 보이지 않았다. 동빈은 그런 현민의 표정을 보며 말을 걸었다.

"뭐가 마음에 안 들었는데?"

동빈은 이 말이 현민의 마음을 풀어 주기 위함인지, 혹은 현민이 느끼고 있는 부정적인 감정을 부추기기 위함인지 알지 못했다. 그런 고민을 해 본 적이 없기 때문이다. 어떤 문제의 중요성은 그 주제로 고민해 본 사람만이 느낄 수 있는 것이다. 그러나 동빈은 아직 풀어내는 것과 부추기는 것의 차이에 문제를 느끼지 못했다.

현민은 잠시 조금 전의 수업 내용에 대해 고민해 보았다. 그러다가 뭔가 떠올랐는지 고개를 가로저으며 짧게 답했다.

"솔직히 농담을 위한 언어 표현이 없다는 게 무슨 개소리야 진짜. 자기가 무슨 말을 하고 있는지도 모르는 거 같다니까."

"조금 어려운 내용이긴 했지."

동빈은 현민의 말에 동조하지도 반대하지도 않았다.

"솔직히 듣는 사람이 이해하지 못하면 말하는 사람이 잘못한 거 아니야?"

동빈은 그저 조용히 고개를 끄덕였다. 그 순간 동빈은 현민으로부터 약간 떨어진 곳에서 문돌이 지나가는 것을 발견했다.

'어? 설마 듣진 않았겠지.'

동빈은 혹시나 하는 마음에 대화 주제를 바꾸었다.

'뭐, 주변에 우리만 있었던 것도 아니고.'

그는 스스로 안심할 만한 이유를 찾은 뒤 현민에게 물었다.

"오늘 저녁에 약속 있다고 했지?"

"있었지······."

"그런데?"

"조금 전에 갑자기 취소됐어."

"아!"

"그런 일이 있어."

현민은 괜히 코트 안주머니에서 담뱃갑을 꺼냈다. 그러다가 손목시계를 확인한 뒤 다시 주머니 안에 집어넣었다.

"수업이 있어서 먼저 간다."

"그래 가 봐. 나는 집에 가야겠다. 다음에 보자."

현민은 한숨을 크게 내쉬고는 발걸음을 옮겼다. 그러다가 고개를 뒤로 돌려 말했다.

"시상식이나 상금은 소식 들어오는 대로 연락할게."

동빈은 손을 흔들며 알아들었다는 신호를 했다. 동빈 또한 현민을 뒤로한 채 걸어갔다.

'농담은 언어적 활동이지만, 농담을 위한 언어 표현은 없다'라는 주장은 문돌이 박사과정 때부터 늘 주장하던 것이었다. 그는 이 주장 때문에 학위 논문 심사에서도 무수히 해명해야 했다. 솔직히 말해 문돌의 주장은 학부생뿐 아니라 교수들도 이해하기 난해한 주장이었다.

문돌은 이날 강의가 끝나고 곧바로 집에 가지 못했다. 철학과 학생, 심리학과 학생, 신문방송학과 학생이 각각 해결되지 않은 의문을 해소하기 위해 그를 붙잡았기 때문이다. 문돌은 이런 학생들이 고마웠다. 이해되지 않는 것을 배우려는 학생들의 자세가 훌륭했고, 또 이해하려는 것이 자신의 수업 내용이기에 더 그랬다. 그는 그들의 질문에 간단하면서도 사려 깊게 답해 주었다. 문돌은 계단을 내려오면서 생각했다.

'다음 강의는 좀 더 쉽고 명확하게 준비해야겠군.'

그는 깔끔하고 명료한 강의를 하기엔 아직 부족한 점이 많다고 생각했다. 또한 교수들과 선배 강사들에게 배워야 할 점이 많다는 것을 깨달았다. 그는 과거에 자신이 비판했던 수업들을 짧게 돌아보았다. 그러면서 무언가 벅차오르는 감정도 함께 느꼈다.

12

문돌의 대학원 생활은 설에게 말했던 것보다 훨씬 더 힘들었다. 그는 석사과정을 할 때부터 농담과 관련된 주장을 꾸준히 해 왔다. 물론 그때는 연구다운 연구를 해 본 적 없는 상태라 그의 주장은 서툴고 거칠었다.

이 시기에 그의 주장에 관심을 가지는 사람은 예외적인 한두 명을 제외하곤 없다고 봐도 무방했다. 오히려 문돌의 주장은 무시당했고 무관심 속에 철저히 묻혔다.

농담과 유머가 다르다느니,
농담과 위트가 다르다느니,
농담도 예술이 될 수 있다느니!

문돌은 자신의 주장에 대한 비판을 긍정적으로 볼 수 있는 사람이었다. 하지만 어디까지나 정당한 비판에 한해서였다. 당시 문돌은 동료 연구원 혹은 교수에게 부당한 대우를 받고 있다고 생각했다. 그는 현재 있는 위치 때문에 자신의 주장이 부당하게 평가받고 있다고 느꼈다.

"유머는 언어적 표현 활동이 아닙니다."

그가 나름의 근거를 함께 제시했음에도 돌아오는 대답은 한결같았다.

"그러니까 그걸 논문으로 어떻게 쓴다는 거예요?"

사람들에게 그의 주장은 다소 장난스러웠고, 학술적 의미가 없어 보였으며, 애초에 별로 관심이 가지도 않았다. 그들이 보기에 그의 주장은 풋내기의 서투른 열정 그 이상도 그 이하도 아니었다.

"그건 문돌 선생님만 그렇게 생각하는 것 같은데요? 학술적으로 논의되려면 어느 정도 일반 상식에 부합하는 주장을 해야 하지 않을까요?"

그럼에도 문돌은 좌절하지 않았다.

'그러면 일반 상식에 의문을 제기하는 건 어떻게 하는 건데.'

문돌은 권위에 의해 무시받았다는 느낌이 들 때면 아직 학교에 남아 취업을 준비하는 친구들을 만나곤 했다. 그들은 대부분 흡연자였는데, 문돌은 그들의 담배를 빌려 피우곤 했다. 그러면서 농담과 관련된 자신의 이론을 친구들에게 간단히 설명했다. 자신에게 부족한 것은 권위라고 생각했기 때문이다. 그렇다면 위계 관계가 없는 친구들은 자기 말을 있는 그대로 들어주지 않을까?

그는 친구들에게 최대한 담백하게 자신의 주장을 설명했다. 그러나 문돌의 주장에 흥미가 생기지 않는 것은 친구들도 마찬가지였다. 그들의 삶에서 취업과 관련된 주제 외에는 모두 부차적인 것이었기 때문이다. 어느 정도 이야기를 들어주는 것 같던 친구들도 결국엔 비슷한 종류의 말을 꺼내며 대화 주제를 바꾸려고 했다.

"근데, 그걸 왜 구분하는 거야? 어차피 이러나 저러나 우리 삶에서 달라지는 건 없잖아."

사실 문돌은 농담과 유머와 위트를 구분하는 게 삶에 아무 영향을 끼치지 못할 것이라는 말을 이해할 수 없었다.

"우리를 웃겨야만 농담이 농담이 될 수 있다는 건 너무 건방진 생각 같지 않아? 재미없는 농담을 재밌게 들을 수도 있잖아. 능동적으로! 세상을 대하는 삶의 자세를 바꾸는 거지."

"그러니까 네가 하고 싶은 말은 대충 긍정적으로 살자 이거지?"

"그게 아니라, 유머와 위트라고 부르는 것들을 삶의 태도와 연결 지어 생각하고 활용해 볼 수 있다는 거지."

석사과정 당시 문돌은 전반적으로 공감받지 못했고 인정받지 못했다.

"그걸 왜 연결해야 하는데?"

 물론 지금에 와서야 문돌도 이 세상에는 중요한 것이 많으며, 각자 살아가는 시기에 중요한 것도 서로 다르다는 것을 인정하게 되었다. 상투적인 의미의 깨달음은 아니었다. 그는 어떤 문제에 대해 한 번도 고민해 보지 않은 사람에게 그것의 중요성을 설명하는 것이 얼마나 소모적이고 공감받기 어려운 일인지 비로소 알게 되었다. 이는 설명 방식의 문제도 아니었고, 권위의 문제도 아니었다. 그저 그들의 삶에 농담보다 더 중요한 주제가 있을 뿐이었다. 하지만 그때는 설명할 수 있다고 생각했다. 그때는 그것을 알지 못했다.

 그러나 이해받지 못한 시간은 힘들지만 견딜 수 있다. 사람들에게 인정받지 못할수록 역으로 가치가 더 높아질 것이라 받아들였기 때문이다. 그만큼 독창적이라는 뜻이니까. 그는 무시와 무관심에 대해 독창성으로 위태위태한 줄다리기를 하며 석사과정을 그럭저럭 견뎌 내고 있었다.

 그의 석사과정을 처참하게 만든 것은 무시도 무관심도 아니었다. 부정이었다.

 문돌의 도전을 부정한 사람은 많지도 않았다. 단 한 명이었다. 문돌과 열두 살 차이가 나는 남자였는데, 이들의 관계가 처음부터 나빴던 것은 아니었다. 문돌은 박병욱이라는 이 사내를 스물네 살 때 처음 알게 되었다. 아직 자신이 무엇을 위해 살지, 무엇을 향해 도전할지 몰랐던 그는 그 시기에 무작정 책을 읽기 시작했다. 그리고 기왕이면 독서 모임을 만드는 것도 나쁘지 않겠다고 생각했다. 그래서 '빨간벽돌'이라고 이름 붙인 독서 모임을 만들었고, 대학생을 대상으로 참여자를 모집했다. 그리고 사회복지학, 신문방송학, 심리학, 영어영문학, 국어국문학, 철학 등 각기 다른 학문을 전공하는 학생들이 모였다.

"이건 좀 더 엄밀히 말할 필요가 있어 보이는데?"

박병욱은 철학을 전공하는 사내였다. 제법 큰 체구의 소유자인 병욱은 다른 구성원들에게 '엄밀'이라는 표현을 쓰길 좋아했다. 그들이 ―남녀 상관없이― 모두 스물다섯 살을 넘기지 않았다는 점을 고려할 때, 서른여섯 살의 병욱은 확실히 평범해 보이지 않았다.

원래 컴퓨터공학을 전공했던 그는 학부를 졸업한 뒤 공무원 생활을 했다. 그러다가 문득 자신의 삶과 미래에 대해 고민하기 시작했고, 철학을 공부해야겠다는 결론을 내렸다. 문돌이 병욱에 대해 아는 것은 이게 전부였다. 병욱은 자신을 '엄밀하게' 설명하는 사람은 아니었다.

문돌은 병욱의 결단력과 도전 정신을 높게 사는 한편 배울 점도 많다고 생각했다. 하지만 그럴수록 병욱은 문돌을 가르치려 들었다. 적어도 문돌은 그렇게 느꼈다.

독서 모임은 문돌이 잠깐 독일에 나가 있던 반년을 제외하고 2년 정도 그럭저럭 잘 운영되었다. 그사이 병욱은 학부 과정을 졸업한 뒤 석사학위를 취득하기 위해 대학원에 들어갔고, 문돌과 다른 구성원들도 학부 졸업을 앞두고 있었다. 구성원 대다수가 졸업 후 각자의 길로 흩어졌기 때문에 '빨간벽돌'의 공식적인 모임도 자연스럽게 끝났다. 그들은 서로 막역한 사이는 아니었지만 종종 연락을 주고받으며 지냈다.

사건은 문돌이 대학원 첫 학기를 마무리할 즈음 발생했다. 어쩐 일인지 병욱은 독서 모임 구성원들을 모두 불러 식사 자리를 마련했다. 문돌은 오랜만에 친구들을 본다는 사실이 반가웠고, 대학원을 다니며 겪었던 무시와 무관심을 이해받을 수 있을 거란 기대도 컸다.

의외로 병욱은 식사 자리에서 문돌을 위로해 주었다. 이 날은 여느 때와 다르게 가르치려 드는 것 같지도 않았다. 그는 문돌이 입학한 학과와 연구 주제에 관해 물어보았다. 서른여덟 살의 병욱은 진정으로 문돌에 관심을 가지는 것처럼 보였다. 그러나 착각이었다.

식사를 마치고 근처 카페로 이동하는 길에 문돌은 병욱과 나란히 걸었다. 병욱이 물었다.

"그래 문돌아, 공부하느라 많이 힘들지?"

"네, 그렇네요."

"앞으로 졸업하면 뭐 하려고?"

"배운 거 가지고 강연할 수 있으면 좋지 않을까요?"

"어디에서? 학교에서?"

"학교는 욕심인 것 같고……. 뭐, 지역 도서관이라도 좋을 것 같은데."

"솔직히 돈 벌기는 어렵잖아. 거기 나와서."

"저는 일단 여기서 박사학위까지 공부할 생각이긴 하거든요."

"큰일이네, 박사까지?"

"그러면 제가 주장하는 독창적인 주제에 사람들이 관심을 가지지 않을까요? 자연스럽게 강연도 할 수 있을 거고."

"너무 이상적이야. 좀 더 엄밀히 볼 필요가 있어. 네 미래를 말이야."

"이상적인 건 알지만 할 수 있다는 나름의 확신도 있거든요."

"나중에 밥 먹고 살기는 힘들겠네."

"네?"

"엄밀히 말해 네가 교수가 될 정도는 아니잖아."

"알죠. 그래도 농담에 대해 저처럼 연구하는 학자는 아마 없을걸요?"

"정말 사람들이 그 주제를 좋아할 거라고 생각하는 거야?"
"형님은 이야기를 들었을 때 어땠어요?"
"솔직히 말해 제대로 안 들었어. 별로 관심이 가지는 않더라고. 특별히 독창적이라는 생각도 안 들고."
"제가 한 말이 제대로 전달이 안 됐나 보네요. 결과로 증명하겠습니다."
"나중에 울지나 말고."

대화가 이쯤 진행됐을 때 카페에 도착했다. 어느새 그의 비열한 비웃음과 상대방을 떠보는 듯한 태도는 사람 좋은 미소와 어린 동생들의 말에 긍정하는 태도로 바뀌어 있었다. 병욱은 다른 친구들 앞에서는 문돌에게 보인 것과 엇비슷한 뉘앙스도 풍기지 않았다. 언제 꺼냈는지 동생들에게 나눠 줄 청첩장도 손에 들고 있었다.

'뭐야, 저 병신은.'

친구들이 병욱을 축하할 때 문돌의 표정은 급격히 어두워졌다. 그는 필사적으로 표정을 관리했다. 여기서 화를 내면 이상해지는 것은 자신뿐이라는 사실이 그를 잔인하게 짓눌렀다.

무시하는 사람과는 언젠가 경쟁해 볼 자신이 있었다. 무관심한 사람에게는 언젠가 주목받을 자신이 있었다. 그러나 자신의 결심을 부정하는 사람에게 그가 할 수 있는 일이라곤 외면밖에 떠오르지 않았다. 그 사건 이후 그는 병욱을 점점 멀리했다. 어쩌면 그때 사람에 대한 기대나 신뢰를 일시적으로나마 잃어버렸는지도 모른다.

'나름 배울 점이 있다고 생각한 사람이었는데……. 왜 나한테?'

병욱의 행동은 문돌에게 일종의 배신이었다.

병욱이 개인적으로 문돌에게 연락한 것은 그로부터 3년 정도 흐른 뒤였다. 문돌이 박사학위를 받게 될 것이라는 소식을 전해 들은 병욱은 한 가지 '엄밀하지 않은' 제안을 했다. 그는 이 제안이 문돌의 경험과 커리어를 위해 좋은 기회가 될 것이라는 설명도 덧붙였다. 하지만 서른을 앞둔 문돌은 적어도 그 제안이 자신을 위한 것은 아니라는 사실을 알고 있었다. 병욱의 제안은 어디까지나 그 자신을 위한 것이었지, 문돌을 위한 것은 결코 아니었다.

'정말 그랬다면 진작 연락했겠지.'

문돌은 병욱의 제안을 정중히 거절했다. 그는 학위논문을 잘 마무리한 다음, 이듬해 자신이 졸업한 학교에서 교양 과목 하나를 맡게 되었다.

석사과정 때부터 받았던 무시는 이제 유효하지 않았고, 그의 강의는 학생들에게 긍정적인 관심을 끄는 데 성공한 듯했다. 이제 문돌은 지난날의 토대 위에 앞으로 그가 이루고자 하는 것을 쌓을 일만 남은 듯했다. 그 말을 듣기 전까진.

"솔직히 농담을 위한 언어 표현이 없다는 게 무슨 개소리야 진짜. 자기가 무슨 말을 하고 있는지도 모르는 거 같다니까."

무시와 무관심은 견딜 만했다. 그러나 부정은 여전히 견디기 어려웠다. 그는 뒷담화를 들었다는 티를 내지 않기 위해 일정한 속도로 계속 걸어갔다.
'오늘 내용이 이해하기 어렵기는 했나 보다.'
'수업을 열심히 듣는 학생이었던 것 같은데.'
'근데 개소리라니.'
'이해가 안 되면 질문을 하던지.'
'내 설명이 부족했나?'
'내용을 부정한다고 해서 이해가 되는 건 아니지.'
'이해할 생각이 있으니까 저런 이야기를 하는 거겠지?'
어느덧 그의 발걸음이 점점 빨라지고 표정은 굳어졌다.

조간대

13

 배우고자 하지 않는다. 어떤 주제에 대해 먼저 고민해 본 사람의 말을 들어 보려고 하지 않는다. 이해하고자 하지 않는다. 자기가 이해하는 방식이 아니라면 보려고 하지 않는다. 차라리 그러한 방식은 없다고 부정해 버린다. 다만 이런 식의 주장이 비약이라는 걸 문돌은 알고 있었다.

 문돌 자신이 학생이었을 때 그렇게 어른에게 도전했고, 지치고 힘들 때 그늘이 되어 준 어른도 알고 있다. 그는 자신의 도전을 받아 준 어른에게 감사했고, 힘들 때 고민을 들어 준 어른에게 감사했다. 그러나 때로는 구분할 수 있지만 분리할 수 없는 것도 있다.

 '이해는 되지만 화가 나네.'

 문돌은 현민에게서 병욱이 겹쳐 보였다.

 '다음엔 반드시 알아들을 수밖에 없게 설명해 주겠어.'

 문돌이 자취방으로 돌아왔을 때 막 5시가 지났다. 베란다에 스며드는 햇빛과 묘하게 그늘진 방이 대조를 이루며 동굴을 연상시키는 듯했다. 그는 방안의 등을 켜는 대신 바닥에 앉아 침대에 기댔다.

 침대에 기댄 그의 시선은 방 한쪽 구석에 있는 책장으로 향했다. 그는 학부를 졸업한 뒤 석사과정생일 때부터 이 방에서 지냈다. 어떤 짐을 두더라도 비어 보이던 책상과 책장은 더는 빈틈이 없었다. 책장은 문돌의 책으로 가로세로 빈틈없이 빼곡히 가득 찼다. 책상 역시 마찬가지였다. 다만 그러한 무질서 속에도 나름의 질서가 잡혀 있는 듯했다.

"2년쯤 전에는 여기에 앉아서 저기를 바라보며 울었던 것 같은데. 너무 분해서……. 저 책들을 읽은 게 다 무슨 소용이냐면서."

그가 중얼거렸다.

"옆에 있는 사람 한 명 설득하지 못해서."

그의 시선이 책장 왼쪽 위에서부터 아래로 이어졌다. 실내가 어두워서 책등에 적힌 제목은 보이지 않았다. 하지만 책장의 왼쪽 칸은 나름의 규칙을 가지고 정리되었기 때문에 어디에 어떤 책이 꽂혀 있는지 굳이 보지 않아도 알 수 있었다. 그곳에는 빨간벽돌 독서 모임에서 읽었던 책들이 연도별로 정리되어 있었다.

문돌은 대학원에 입학한 뒤 빨간벽돌 독서 모임을 다시 운영했다. 그의 마음속에서 빨간벽돌은 완성된 벽이 아니라 벽돌을 쌓는 과정이었다. 빨간벽돌의 벽돌 쌓기는 계속 이어졌다. 새로운 환경에서, 새로운 구성원과 함께.

"그래도 그때보다는 상태가 나은 편이네."

내일은 문돌의 인생 선배라 불릴 만한 서은과 오랜만에

약속이 있는 날이었다. 그녀는 빨간벽돌 독서 모임의 구성원 중 문돌의 석사과정 첫 학기부터 강사로 보낸 첫 학기까지 모두 지켜본 유일한 사람이었다. 그들은 경주에서 만날 예정이었다.

서은은 내일 경주에서 개인적인 일정이 있었다. 그래서 안부도 물을 겸, 오랜만에 문돌에게 연락해 보았다. 때마침 문돌도 본가에 두고 온 물건을 챙기기 위해 경주에 갈지 말지 고민하던 차였다. 그는 겸사겸사 근황도 나누고 물건도 가져오면 되겠다고 생각했다. 그들은 문돌이 추천한 한 카페에서 만나기로 약속했고, 서은은 대학교 강의를 처음 맡아 본 소감이 어떤지 궁금하다고 덧붙였다.

문돌은 바닥에 앉은 채 근래에 강의를 진행하며 어떤 기분이 들었는지 되돌아보았다. 그러다가 문득 자신에게 이미 흥미로운 이야깃거리 하나가 있음을 깨달았다.

"오!"

어쩌면 희극과 비극은 구분할 수는 있어도 분리할 수는 없는 일인지도 모르겠다.

14

 따뜻한 햇살이 동굴의 입구를 밝히듯 베란다 너머 방을 비추었다. 문돌은 시계를 확인했다. 경주에 갈 준비는 모두 마쳤다. 점심을 가볍게 챙겨 먹은 다음, 시간에 맞춰 버스터미널로 향했다.

 경주에 도착하는 데는 한 시간이면 충분했다. 찰나 같은 순간이 지나고, 버스가 목적지에 정차했다. 그는 버스에서 내리며 기지개를 켰다. 익숙한 공기와 경주 특유의 정취가 이곳이 고향임을 상기시켜 주었다.

 서은과 만나기로 한 장소로 이동하기 위해 시외버스터미널을 나와 시내버스 정류장으로 발걸음을 옮겼다. 비는 오지 않았고, 날씨는 맑았다.

 버스를 기다리는 짧은 시간 사이에 그는 익숙한 곳에서 다소 낯선 경험을 했다. 관광객으로 보이는 어떤 사람이 그에게 물었다.

 "경주역으로 가려면 여기서 버스 타면 되나요?"
 문돌은 당연한 질문에 당연하게 답했다.
 "저도 그쪽 방향으로 가요. 여기서 타시면 돼요."

 잠시 후, 버스가 도착했고 그가 먼저 버스에 올랐다. 등 뒤로 조금 전에 들은 질문과 똑같은 말이 들려왔다.

"경주역으로 가는 거 맞아요?"

문돌은 좌석에 앉으며 속으로 한 번 더 답했다.

'그럼, 그럼.'

그러나 기사의 대답은 달랐다.

"여기 아니에요! 반대쪽에서 타야 해요!"

"정말요? 감사합니다."

관광객으로 보이는 그 사람은 기사에게 인사를 한 뒤, 버스에서 내렸다.

'……?'

문돌은 귀를 의심했다.

'뭐지? 경주역은 이 방향이 맞는데.'

그는 휴대폰을 꺼내 경주역을 검색했다. 놀랍게도 그가 원래 알던 경주역은 더 이상 없었다.

"경주역이 사라지고, 신경주역이 경주역이 되었구나."

너무나 익숙한 곳에서 낯선 사실을 알게 된 그가 흥미롭다는 듯 중얼거렸다.

"다시 안 물어봤으면 큰일 날 뻔했네."

순간 놀란 마음과 미안한 마음이 교차했지만, 이윽고 그 생각은 더 이상 하지 않았다. 얼마 지나지 않아 목적지에 도착했기 때문이다. 문돌은 경주 시내에서 내려 과거에 성내라고 불리던 곳을 걸었다.

경주시는 경주읍이라 불리던 때가 있었다. 읍을 상징하

는 읍성이 온전한 형태로 그 자리를 지키던 때도 있었다. 이제는 성내라는 표현 대신 시내라는 표현이 더 익숙해졌지만 말이다.

그는 넓은 길을 두고 일부러 성내 길을 따라 골목을 걸어갔다. 골목을 잠시 거닐다 보면 이름 모를 큰 나무와 평상이 사람들을 반긴다. 아마도 동네 주민들의 쉼터로 톡톡히 기능하고 있을 터였다. 여기서 조금만 더 앞으로 걸어가면 복원된 경주 읍성의 성곽 한쪽 면을 볼 수 있다. 그가 10대였을 때부터 진행된 복원 공사가 어느덧 마무리되어 경주에도 성이라는 것이 있었다는 걸 상기시켜 준다. 물론 아직 동문만 복원되었지만 말이다.

문돌이 서은과 만나기로 한 장소는 바로 이 동문이 한눈에 내려다보이는 카페였다. 2층에 있는 카페는 경주 읍성의 동문, 그러니까 향일문이 거대한 통창 너머로 한눈에 들어오는 곳이었다. '무디'라는 카페 이름처럼 창밖으로 보이는 풍경과 그 풍경으로 인해 형성되는 매장 내부의 분위기는 계절과 시간 그리고 방문자의 정서에 따라 달라졌다. 문돌은 한적한 평일 오후, 경주 읍성의 분위기를 느끼며 무디로 가기 위해 계단을 올라갔다.

"안녕하세요."

그가 가게 주인에게 인사했다. 혹시나 자기를 알아보지 않을까 하는 마음에 주인의 눈도 바라보았다. 몇 초가 흘렀을까, 그녀는 그를 알아보았다는 듯이 미소로 화답했다.

"네, 안녕하세요. 오랜만이시죠?"

"그러게요. 경주에 오면 항상 오긴 하는데……. 경주에 자주 오질 않으니."

그가 멋쩍게 웃으며 음료를 주문했다.

"아이스 아메리카노 한 잔 매장에서 마시고 갈게요."

문돌은 커피를 주문한 뒤 성문이 잘 내려다보이는 곳에 자리를 잡았다. 시간을 확인하고 의자 등받이에 자연스럽게 기댔다. 허리에 가하는 힘이 빠지고 머릿속에 한 가지 생각이 스쳐 지나갔다.

'나는 무디의 단골손님일까? 단골손님이 아닐까?'

객관적으로 문돌은 무디보다는 카페 빨간벽돌에 훨씬 자주 갔다. 그러나 일이 있어 경주에 올 때면 언제나 무디를 찾았다.

'나는 단골이라고 생각하는데, 사장님은 또 어떻게 생각할지.'

방문 횟수가 기준이라면 문돌은 무디에서는 덜 단골인 셈이다. 그러나 필요한 시간과 의미를 따진다면 무디에는 카페 빨간벽돌에는 없는 무언가가 있었다. 문돌은 바로 그 다른 무언가를 위해 다시 무디를 찾았다. 무디에 오기 위해 경주에 내려올 때도 있으니 말이다. 그는 스스로 무디의 단골이라 생각하기로 했다. 그가 좋을 대로 생각하기로 했을 무렵 커피가 나왔다. 때마침 서은도 가게로 들어왔다.

"쌤! 안녕하세요. 저기 창가 쪽에 자리를 잡아 놓았어요."
"안녕하세요, 저도 주문하고 갈게요."

경쾌한 목소리의 주인공 서은은 문돌과 스무 살가량 차이가 났다. 그녀는 '빨간벽돌' 독서 모임의 다른 구성원들과 마찬가지로 문돌에게 '선생님'이라는 존칭을 사용했다. 독서 모임 내에서 몇 살이 차이나는지는 중요하지 않았다. 한두 살 차이나, 열 살 차이나, 스무 살 차이나. 정확히는 '실제로' 몇 살 차이가 나는지가 중요하지 않았다. 잠시 후 서은이 커피를 받아 자리로 왔다.

저는 30분 정도 있다가 일어나야 할 것 같아요."
"금방 가셔야 하네요."
"오후에 다시 올라가야 하거든요. 그나저나 여기가 문돌 쌤이 경주에서 자주 오는 카페에요?"
"나름 자주 오는 편이죠. 경주에만 오면 여기에 들리니."
"특별한 이유가 있어서 오는 거예요?"
"특별한 이유는 없는 거 같은데, 여기에 오면 뭔가 생각이 차분해지고 정리가 잘 되는 느낌이에요. 제가 또 고민이 생기면 경주로 오는 경향이 있잖아요."

그러자 서은은 자신의 추측이 빗나갔다는 생각에 유쾌하게 웃으며 말했다.

"저는요, 문돌 쌤이 여기 카페 이름이 마음에 들어서 오는 줄 알았거든요."

"카페 이름이요? 어떤 점에서······."

"여기가 '무디'잖아요. 무디가 약간 기분 변화가 심하다는 뜻 아닌가요?"

"그렇죠."

"문돌 쌤 학교 다닐 때 연구 주제가 '유머'였잖아요."

"연구 주제 중 하나였죠."

"제가 기억하기로는 유머가 어떤 어려운 상황이나 사소한 것에서 재미를 발견해 내는 능력이잖아요. 저는 또 문돌 쌤이 무디 속에서 유머를 발견하려고 온 줄 알고."

서은이 쾌활하게 웃으며 덧붙였다.

"그냥 갑자기 그런 생각이 들었어요. 쌤 연구를 위한 실험을 하기 위해서······."

이야기를 잠자코 듣던 문돌이 비로소 서은의 말을 이해하고 답했다.

"오······. 그렇게까지 생각해 본 적 없는데, 그런 것 같기도 하네요."

그는 서은의 관심과 호기심에 다시 한번 감탄했다.

서은은 감사하다는 마음이 어떤 느낌인지 알게 해 준 삶의 선배이자 선생님이었다. 그가 느낀 것은 분명 상투적 의미의 감사는 아니었을 터다.

15

"그런데 그걸 아직도 기억하고 있네요?"
"워낙 많이 얘기했잖아요."
그녀가 웃으며 답했다.
"그나저나 그거 얘기 좀 해 줘요. 왜 있잖아요, 학교에서 강의하고 있는 거."
"안 그래도 오늘 쌤 만나면 그 얘기를 하려고 했거든요."
문돌은 전날 강의실의 분위기와 현민에게 들은 이야기를 간략히 정리해 말해 주었다. 이야기가 끝나자 서은이 물었다.
"그 학생은 평소에 수업 태도가 어때요?"
"전반적으로 나쁘지 않은 것 같아요. 아니, 오히려 수업을 열심히 듣는 축에 속해요. 그래서 타격이 더 큰 것도 같고."
"그 학생의 말 중에서 뭐가 특히 기분이 나빴던 것 같아요?"
문돌은 커피를 한 모금 마시며 자기가 할 말을 빠르게

정리했다.

"이해되지 않는 것까지는 인정할 수 있어요. 그리고 어렵게 설명했다는 점에서 제가 부족하다는 것도 받아들일 수 있어요. 하지만 이해되지 않으면 다른 학생들처럼 질문을 해야 하는 거 아닐까요? 뒤에서 부정할 것이 아니라."

"그러면 있잖아요. 만약에, 만약에 학생이 선생님 이론에 대해 나름의 근거를 가지고 수업 시간에 비판한다면 그거는 괜찮아요?"

"그러면 너무 환영이죠. 대신 제 나름의 근거를 가지고 비판에 방어할 것 같긴 해요."

"음, 쌤 입장에서는 그 학생이 정당하지 않게 평가한 것처럼 느껴졌나 봐요."

"그런 셈이죠."

"예전에 학부생 때 독서 모임에서 만난 그 사람처럼······. 맞죠?"

"지금 와서는 이해되는 점이 없진 않지만."

"어떤 점에서 이해가 돼요?"

"그 사람이 중요하다고 믿는 걸 제가 중요하게 생각하지 않았으니까요. 뭔가 자기 삶을 부정당했다는 인상을 받지 않았을까 싶어요. 제 의도와는 무관하지만 말이죠."

문돌은 방금 자신이 두서없이 말한 것 같아 이 말을 다시 정리해야 할 필요를 느꼈다. 어쩌면 전날 있었던 강의의 여파였는지도 모른다.

"그러니까, 제가 틀려야 자기가 맞는다고 생각했던 것 같아요, 그분은. 저를 부정함으로써 자기를 확인하는……. 뭐, 이해는 합니다. 여전히 화도 나지만."

따뜻한 아메리카노를 시킨 서은은 조심스럽게 커피를 한 모금 마신 뒤 그의 말에 덧붙였다.

"그래도 많이 유해지셨네요. 예전에는 화가 많이 났잖아요."

"독서 모임에서 제가 화가 난 모습을 매주 실시간으로 보셨죠? 물론 지금도 어리긴 하지만, 그땐 더 어렸으니까 그랬겠죠?"

문돌이 가볍게 미소를 지었다.

"그럼요."

서은도 미소로 화답했다.

"솔직히 말해서, 그 학생이 아예 이해되지 않는 것도 아니에요. 저라고 학부생 때 안 그랬겠어요. 심지어 대학원생 때도 그랬는데요."

"학부생 때는 제가 쌤을 모를 때였으니까……. 대학원생일 땐 나긋하고 조용해 보여도, 확실히 도전적인 모습이 있었죠."

그녀가 계속해서 말했다.

"저는 기억나는 게, 박사과정일 때 대학원 수업 교재를 종강하자마자 태웠던 거? 버릴 수는 있다고 생각하는데 쌤은 태웠잖아요. 이 책은 세상에서 사라져야 한다고."

그러면서 서은은 권위에 도전하는 문돌의 모습에 배울 점이 있다고 덧붙였다.

"좋게 봐 주셔서 감사해요. 그땐 제가 조금 미쳤던 것 같아요. 대학원생의 삶이란."

그는 불과 몇 년 전에 했던 행동을 돌아보며 입을 다문 채 익살스러운 표정을 지었다.

"물론 수업을 열심히 듣지 않았던 건 아니에요. 책을 태운 것도 제가 성격 파탄자라서 그런 건 아니고, 일종의 퍼포먼스가 필요했던 것 같아요. 동의할 수는 없지만 반박하기도 어려운 상황을 이해하려면."

"알죠, 그럼요."

문돌은 시간을 거슬러 학부생 시절을 떠올렸다. 독어독문학을 전공했던 그는 학부를 졸업하기 위해 졸업 시험을 준비했다. 졸업 시험은 듣기, 읽기, 쓰기, 말하기 영역으로 구분되었다. 독일어를 잘 못했던 그는 듣기, 읽기, 쓰기 영역은 암기로 그럭저럭 넘어갔지만, 심사위원으로 앉아 있는 교수들과 독일어로 소통해야 하는 말하기 시험은 한 번에 통과하지 못했다. 그는 교수들에게 많이 지적당했고, 결국 재시험을 쳐야 했다.

"혹시 제가 학부생 때 졸업 시험을 어떻게 쳤는지 얘기했나요?"

문돌은 휴대폰 화면을 오른손 검지로 두 번 두드려 시간을 확인했다. 약속된 30분 중 10분 정도 여유가 있었다.

"왠지 모르게 투지가 생기더라고요. 졸업 시험인데도."

"어떤 투지요?"

화가 나더라고요. 무턱대고 화가 났던 건 아닌 것 같아요. 대부분 특정한 상황에 놓일 때 화가 나거든요. 상황이 저를 무기력하게 만들 때, 투지가 샘솟는 것 같아요.

화가 났던 상황은 언제나 중요한 사건으로 기억에 남는 것 같아요. 화가 난 이후에는 항상 어떤 방식으로든 조금씩 성장했거든요. 나름 제 삶에서 의미 있는 이정표인 셈이죠. 그렇게 다 기억하니 화가 많은 사람처럼 보이기도 하겠네요. 실은 단기간 자주 그랬던 게 아님에도 말이죠. 이런 저를 10년 넘게 본 친구가 했던 말이 기억에 남아요.

'착하긴 한데, 순하진 않다.'

그 당시 재시험을 쳐야 하는 상황부터 저 자신에게 화가 많이 났어요. 독일어를 잘 못했으니 당연한 결과인데, 일단 재시험을 쳐야 하는 상황 자체가 마음에 안 들었어

요. 독일어를 못하는 제가 너무 싫었죠. 그거 아시죠? 공부를 안 한 사람이 공부 때문에 더 스트레스받는 거. 제가 딱 그랬죠.

재시험에서 솔직하게 하고 싶은 말을 다 했어요. 다소 도발적일 수는 있지만 무례하지 않게 말이죠. 물론 무례하지 않았다는 건 제 생각인데, 재밌게 하려고 노력했으니 봐주지 않았을까요? 솔직히 말하면 자기소개도 결국 외워서 했던 거라 독일어로 어떻게 말했는지 하나도 기억이 안 나요. 아무튼 자기소개의 핵심 내용은 이랬어요.

'안녕하세요, 저는 독어독문학을 전공하는 김문돌입니다. 저는 지금 마치 한 마리의 펭귄처럼 보입니다. 펭귄은 조류이지만 날 수 없습니다. 마찬가지로 저는 독어독문학을 전공하지만 독일어를 할 줄 모릅니다. 하지만 그렇다고 성실히 학교생활을 하지 않은 것은 아닙니다.'

그러면서 독서 모임을 운영한 경험이나, 대학원에 가야겠다고 결심한 계기 등을 설명했어요. 그러면서 이렇게 자기소개를 마무리했죠.

'펭귄은 날 수 없지만, 다른 새들과 달리 바닷속을 자유롭게 헤엄칠 수 있습니다. 저는 내일부터 헤엄을 치고 싶습니다. 감사합니다.'

사실 처음에 발표문을 썼을 때는 이보다 더 거칠고 날카로운 느낌이었어요. 그런데 시험을 도와주던 후배가 그러더라고요.

 '형, 혹시 교수님하고 싸우고 싶은 건 아니죠?'

 그렇죠. 저는 싸우고 싶은 게 아니라 제 속마음을 전달하고 싶었던 거니까요. 그래서 조금 융통성 있게 수정한 거예요.

 서은은 커피를 마시며 문돌의 이야기를 흥미롭게 들었다.
 "교수님들은 뭐라고 하셨어요?"
 "저에게 바다 같은 곳은 어디냐고 물어보셨어요. 다행히 너그럽게 들어 주셨던 것 같아요. 어쩌면 말하기 시험이 제가 생각했던 것보다 중요하지 않은 문제였을지도 모르겠네요."
 "펭귄은 날지 않는다……."
 그녀는 문돌이 했던 말을 되새기며 말했다.
 "열정적으로 고민하고 도전하는 모습이 정말 보기 좋아요. 나중에 그 학생이랑 어떻게 됐는지 꼭 이야기해 주세요."
 문돌은 휴대폰으로 시간을 확인하며 말했다.
 "물론이죠. 강의를 좀 더 잘 준비해서 납득할 수밖에 없게 만들겠습니다!"
 문돌은 웃고 있었지만 농담은 아니었다. 결연한 의지의 표현이었다.

"이제 일어나야 하는 거 아니에요?"

그가 서은을 보며 말했다. 서은은 시계를 확인하더니 대답 대신 옅은 미소를 지으며 고개를 끄덕였다. 그녀는 자신이 앉았던 자리를 정리하면서 문돌을 향해 말했다.

"아참! 쌤도 성장 욕구가 있잖아요. 그게 제 나이대가 되더라도 사라지는 게 아니더라고요."

그녀는 자신이 사용한 컵을 들고 반납대로 이동했다. 문돌은 입구까지 서은을 배웅하며 답했다.

"아무래도, 그렇겠죠?"

"잘할 거예요. 궁금하기도 하고요."

그녀는 가게 사장님과 문돌에게 인사한 뒤 매장을 나와 계단을 내려갔다. 문돌은 성문이 한눈에 내려다보이는 자리로 돌아가 앉았다. 통유리창 너머로 사라지는 서은의 모습을 바라보면서 그녀가 했던 말을 곱씹어 보았다.

'성장 욕구라.'

그에게 성장 욕구는 삶의 원동력이었다. 그는 자신을 가로막는 것을 극복하며 삶에 보람을 느낀다고 생각했다.

'무엇을 기대한다는 거지?'

문돌은 남아 있는 아이스 아메리카노를 한 모금 마셨다. 시간이 지나 작아진 얼음 조각 몇 개가 입안에 함께 들어왔다. 그는 얼음을 녹이며 현민을 떠올렸다.

'걔도 나하고 싸우고 싶은 건 아니었겠지. 뭔가를 뛰어

넘는 중이려나.'

그는 문득 자신이 현민을 이해한 것인지, 이해하고 싶은 대로 생각한 것인지 확신이 서지 않았다. 갑자기 해결할 수 없는 문제의 영역으로 생각의 발을 담근 것 같아 머리가 지끈거렸다. 분명 서은과 대화할 때까지만 하더라도 현민과 관련된 고민은 사라진 것 같았는데 말이다. 말 그대로 '무디'였다.

그때 한 녀석이 창밖에서 문돌의 시선을 사로잡았다. 무디에서 밖을 내다볼 때 종종 보이는 동네 시골 강아지였다. 다리가 짧은 그 강아지는 어떻게 올라갔는지, 주차된 독일제 자동차 위에 올라가 팔자 좋게 발라당 누워 낮잠을 즐기고 있었다. 그는 계속해서 그 녀석을 지켜보았다. 녀석은 당분간 일어날 생각이 없어 보였다. 그때 카페에서 문돌의 귀에 익숙한 멜로디가 흘러나왔다. 'Everything Happens To Me'였다.

문돌은 이 노래를 〈A Rainy Day in New York〉이라는 영화를 통해 알게 됐는데, 이 곡이 빗소리와 정말 잘 어울린다고 생각했다. 그런데 여기서 이 곡을 들을 줄이야. 그는 갑자기 웃음이 났다.

아주 맑은 날 경주에서, 비 오는 날 뉴욕에서 들릴 법하다고 생각한 곡이 흘러나왔다. 곡 제목처럼 그는 '나한테 별일이 다 일어난다'라고 생각했다.

독어독문학을 공부한 사람은 여기에 앉아 고민에 빠져 있는데, 저 시골 강아지는 독일제 자동차 위에 팔자 좋게 널브러져 있다. 순간 묘하게 대조를 이루는 이 상황을 이해 가능한 방식으로 정리하고 싶은 욕구가 솟구쳤다. 그러나 억지 부리지 않는 이상, 그는 아무런 연결 고리도 만들 수 없었다. 상황이 너무 엉망진창이었기 때문이다. 피식, 웃음이 났다.

'직업 병이야, 직업 병.'

그는 속으로 짧은 시간에 일어난 자신의 태도를 평가했다.

"그래, 문제로 보니까 문제인 거지. 엉망진창도 나름 재밌잖아?"

그는 혼자 큭큭 웃으며 생각했다.

'강의도, 강사도, 학생도, 무디도 강아지도 모두 엉망진창이구먼!'

문돌은 남은 커피를 한 번에 들이켰다. 전혀 예상하지 못한 상황이 펼쳐지더라도 그런 일은 일어날 수 있는 일이라고 생각했으며, 의외로 그러한 상황이 전혀 문제가 되지 않을 수 있다고 생각했다. 심지어 재밌을 수도 있겠다는 생각이 들었다.

'엉망진창이면 어때.'

그는 갑자기 학생들의 중간고사 과제를 빨리 받아보고

싶다는 생각이 들었다.

'예전의 나였다면 절대 발견할 수 없는 재미를 발견할 수도 있겠군.'

당연히 날림으로 채점하겠다는 뜻은 아니었으리라.

"그나저나 서은 쌤이 수강생들보다 내용을 더 잘 이해한 것 같네."

서은은 남들이 보기에 엉망진창처럼 보이는 문돌에게 진심으로 호기심을 가졌다. 그리고 배울 점은 배워 갔다. 그녀는 이런 어른이 되고 싶다는 생각이 들게 해 준 또 한 명의 여인이었다.

"그래, 이렇게까지는 못하더라도……. 적어도 훼방꾼은 되지 말자."

여전히 그는 어른에게 배울 점이 너무나 많다고 느꼈다. 다만 배움의 방향이 서은이 보여 준 것처럼 아래로 향할 수 있다는 것은 아직 깨닫지 못했다.

16

문돌은 하루도 채 지나지 않아 경주를 떠났다. 이유는 단순했다. 경주에서 가져오려던 물건을 찾았기 때문이다.

그는 창고로 변해 버린 자신의 방 한구석에서 나름 일정한 규칙으로 쌓여 있는 노트 몇 권을 챙긴 뒤 학교로 돌아갔다.

문돌은 고등학교 3학년 때부터 일기를 썼다. 사실 엄밀히 말해 일기는 아니었다. 왜냐하면 특별한 일이 없으면 쓰지 않았기 때문이다. 학생회장 선거에 나갔을 때, 그리고 낙선했을 때, 누군가를 좋아했을 때, 그것이 연인 관계로 이어지지 않았을 때, 억울하게 오해를 받았을 때, 그리고 그런 상황에서 자신이 할 수 있는 일이 무엇인지 정리했을 때 일기를 썼다.

알다시피 이런 일들이 매일 발생하지는 않는다. 많아야 일 년에 대여섯 편의 글이 노트에 기록되었다. 반면에 1년 동안 집중적으로 쓴 적도 있다. 하지만 이 역시 일기라기보다는 여행기에 가까웠다.

문돌은 한국을 떠나 반년 정도 독일에서 살았던 적이 있다. 스물네 살 때였다. 그가 독일로 떠나며 세운 첫 번째 계획은 한국인이 운영하는 회사에 인턴으로 들어가는 것이었다. 다행히 첫 단추가 잘 채워졌다. 하지만 그 다음이 문제였다. 사소한 오해로 회사 대표와 싸워 버렸고 결과적으로 인턴 채용 계획이 취소되었다는 사실을 메일로 통보받았기 때문이다.

슬프게도 이때는 이미 그가 독일로 떠난다며 동네방네 소문을 낸 이후였으며, 오랫동안 하던 아르바이트도 ―독일에 가야 한다는 이유로― 그만둔 상태였다. 그의 부모님 역시 '우리 아들 이제 독일 간다'라며 은근히 자랑했던 것은 덤이었다. 특별한 계획은 없었다. 그는 무작정 비행기에 올라탔다.

'칼을 뽑았으면 무라도 썰어야지.'

그러나 무가 썰렸는지는 지금으로서도 알 수 없는 노릇이다.

문돌의 여행기는 노트 두 권으로 구성되었다. 하나는 인턴 계획이 취소된 결정적인 사건부터 시작해 독일에서 생활했던 6개월의 삶이 담겨 있다. 그 노트에는 6개월 동안 느꼈던 생각, 미래에 대한 막연한 두려움, 그리고 스스로 평가하는 자신의 무능함 등이 기록되었다. 물론 글만 있는 건 아니었다. 마트에서 구매한 물품과 관련된 영수증, 방문했던 박물관의 티켓, 이용했던 트램과 기차 티켓, 그리고 한적한 날 그린 그림 역시 노트의 한 측면을 이루고 있었다. 문돌은 그 첫 번째 여행기를 〈출국편〉이라고 불렀다.

다른 한 권의 노트는 그가 경주에 무사히 돌아온 시점부터 기록되었다. 문돌은 이 두 번째 여행기를 〈귀국편〉

이라 불렀다. 〈귀국편〉에는 귀국 이후의 6개월이 담겨 있다. 그가 〈귀국편〉을 써야겠다고 결심한 이유는 크게 두 가지였다. 하나는 독일 인근 국가를 여행하며 만난 사람들과 관련이 있다. 그때 만난 사람들은 형이나 누나였는데, 대부분 20대 후반에서 30대 초반이었다. 그들은 다니던 직장을 그만두고 모은 돈을 털어 유럽에서 퇴사 여행을 즐기던 중이었다. 하지만 20대 초반의 문돌은 그들이 어떤 심정으로 퇴사하고 유럽에 왔는지 짐작할 수 없었다. 자신이 단순하게 생각하고 있다는 것을 자각하지 못한 채 이렇게 생각했다.

'저렇게 무작정 회사를 그만두고 유럽에 오면 특별한 것을 깨달을 수 있다고 생각하는 건가?'

문돌은 여행지에서 갑자기 무언가를 깨닫고 삶이 바뀌었다고 주장하는 사람들을 믿지 않았다. 그는 사람들이 순간적인 감흥을 과대평가하는 경향이 있다고 믿었다. 하지만 그렇게 생각했던 자신도 독일에서 깨달은 바가 없지는 않았다. 그래서 이 부조화를 극복하기 위해 예외적인 삶을 살아야겠다고 결심했다. 그는 여행 이후의 삶을 기록하며 자신이 깨달은 바를 실제로 실천하며 살고 있는지 점검하며 반년을 보냈다.

〈귀국편〉을 쓰게 된 또 다른 이유는 첫 번째 이유와 비슷했다. 그는 여행과 관련된 에세이에 막연한 선입견이 있었다. 문돌이 생각했을 때 그런 에세이의 결말은 다소 비현실적이고 어느 정도는 동화 같았다. 여행을 통해 깨달은 교훈을 '앞으로' 지키며 살아가겠다고, 막연한 행복을 예고하는 듯한 저자들의 약속을 곧이곧대로 믿기 어려웠다. 그래서 여행이 끝난 이후의 삶이 궁금했다. 그는 자신의 선입견이 정당한 것인지 혹은 오해에서 비롯된 것인지 확인해 보고 싶었다. 하지만 다른 사람에게 그것을 증명하라고 강요할 수는 없는 노릇이었다.
 '내가 해 봐야지 뭐, 별수 있나.'

 문돌은 〈귀국편〉에서 한국으로 돌아온 뒤의 6개월이 어땠는지 상세히 다루었다.

17

 늦은 저녁이지만 그렇게 늦지만은 않은 저녁 10시, 문돌이 학교에 도착했다.
 '맥주 한 잔 마시면서 읽어도 재밌겠다.'
 그는 20대 초중반 학생의 마음가짐을 이해할 필요를 느꼈다. 그들과 불과 대여섯 살밖에 차이 나지 않지만, 그 시기의 1년은 분명 30대가 경험하는 1년과는 큰 차이가 있을 터였다. 지금은 잊어버린 그때의 기억을 간접적으로나마 다시 한번 되살릴 필요가 있었다.

"어, 왔나."

"네, 오늘은 아무도 없네요?"

"그러게, 뭐 줄까? 국수?"

"오늘은 가자미구이 하나 주세요. 소주는 제가 가져갈게요."

"그래라."

맥주를 마셔야겠다는 초기의 단상은 가자미구이를 주문하는 순간 사라졌다. 아무래도 가자미구이에는 소주였다.

그는 가방에서 일기와 여행기를 꺼내 테이블 위에 놓았다.

"뭐, 공부하나?"

"아니요. 그냥 읽을 게 좀 있어서요."

사장은 문돌을 몇 년째 봤지만, 그가 무엇을 하는 사람인지는 잘 알지 못했다. 정확히는 궁금하지도 않았고, 궁금해할 필요도 없었다.

그는 의자에 등을 기대고 일기를 읽기 시작했다. 일기의 처음 몇 장에는 고등학교 학생회장 선거에 출마했던 시점부터 낙선했던 시기 사이의 일이 기록되어 있었다. 그 뒤로는 야간 자율 학습 문제로 담임 선생님과 싸웠던 일이 적혀 있었고, 그 뒤로 몇 장은 대학 입시를 준비할 때 담임 선생님과 친구들로부터 받았던 무시와 조롱에 대한 감정이 적혀 있었다.

'지금 보니 무시와 조롱이 아니었던 것 같기도 하네.'

그는 일기장을 넘겨 보았다.

대학교에 입학해 동기와 싸웠던 이야기, 선배에게 혼났던 이야기, 누군가를 좋아했던 이야기 등 대부분 인간관계에서 발생한 문제와 고민에 대한 기록이었다.

그러나 지금의 관심사는 이것이 아니다.

'나도 똑같은 놈이었나?'

그는 일기장을 빠르게 넘기기 시작했다. 그러다 어느 한 부분에 시선을 고정했다. 스물네 살에 썼던 일기였다.

'찾았다.'

이 당시 문돌은 독서 모임에서 다룬 내용을 삶에 대입해 생각해 보는 버릇이 있었다. 그러고는 비교해 본 생각을 글로 남겼다. 설명하는 소재나 표현은 달랐지만 쓰고자 하는 내용은 대체로 비슷했다.

"어른들은 내가 무엇을 할 수 있는지 잘 모른다. 꼭 그들을 뛰어넘어 내가 추구하는 길이 틀리지 않았다는 것을 증명하고 말 테다."

그는 잔에 소주를 가득 채우고 글을 읽었다. 글에는 '이런 어른'과 '저런 어른'이 구분되어 있었는데, 이런 어른은 그의 삶에 긍정적인 영향을 끼친, 그가 되고자 하는 어른이었다. 반면에 저런 어른은 그의 삶에 경쟁심과 도전 정신을 자극하는 병욱과 같은 어른이었다.

'지금 와서 생각해 보면 내가 어른이라고 생각했던 사람들도 여전히 서툴고 성장하고 있는 과정이었을 텐데 말이야……'

문돌은 전날 강의를 떠올려 보았다.

'내 주장을 뛰어넘고 자기 뜻을 펼치고 싶었던 걸까?'

문돌은 예전부터 '이런 어른'이 되고 싶었고 '저런 어른'을 극복하고 싶다는 생각을 마음속 깊이 가지고 있었음을 확인했다.

'생각 이상으로 열정적이었구나.'

그때 가자미구이가 나왔다. 그는 젓가락으로 큼지막하게 살점을 떼어 먹은 뒤, 조금 전에 따라 둔 술을 한 번에 들이켰다.

'나도 누군가에겐 저런 어른으로 보이려나?'

그는 일기장을 가방에 넣고 이어서 〈출국편〉을 펼쳤다. 〈출국편〉의 기록은 스물네 살 문돌의 삶과 생각 그 자체였다. 여행기에는 대학원에 진학하겠다는 결심과 고민의 과정이 담겨 있었고, 독일에서 만난 인연에 대한 단상도 기록되어 있었다.

그러나 이번에도 그가 관심을 두는 것은 그 나이 때의

젊은이가 자기보다 나이 많은 어른을 어떻게 생각했느냐 하는 것이었다.

〈출국편〉에 기록된 어른들에 대한 생각은 생각보다 그들이 훨씬 더 바쁘다는 것이었다.

"어른들은 시간적 여유가 없고 그들이 감당할 수 있는 책임의 범위도 한정적이다."

스물네 살의 문돌은 어른에게 '의지'하며 사는 것은 사실상 불가능하다고 결론지었다.

'이런 생각을 했구나. 용감한 건지, 생각이 없는 건지, 절박했던 건지…….'

이러한 결론이 뜬금없는 것은 아니었다.

그가 읽은 내용은 학과 교수들에게 조언을 구하는 장면부터 서술되었다. 독일에서의 인턴 계약이 취소된 문돌은 그 상황을 극복하기 위해 학과 교수들에게 도움을 받고자 했다. 그러나 단 한 명의 교수도 그의 기대에 부응하지 않았다. 교수들은 그러한 경험도 삶에 도움이 될 것이라는 격려만 할 뿐 상황을 개선할 추가적인 도움은 주지 않았다. 글은 "아, 다들 자기 삶이 바쁘구나!"로 마무리되었다.

문돌은 숨을 크게 들이쉬었다.

'그런 게 있기는 했을까!'

그러고는 들이쉰 숨을 다시 코로 내뿜었다.

'새로운 일자리나 저렴하게 머물 수 있는 숙소 같은 것을 원했던 것 같은데. 터무니없는 상황에서 터무니없는 부탁을 한 것 같군. 인턴 계약도 내 잘못으로 취소된 건데 말이야.'

술잔에 다시 술이 가득 찼고, 가자미구이는 뼈를 드러내기 시작했다. 그는 〈출국편〉을 가방에 넣은 다음 〈귀국편〉을 펼쳤다.

문돌은 한국으로 돌아온 뒤 유럽에서 느낀 생각과 그린 그림을 정리해 출판사나 기성 작가들에게 연락했던 경험이 있다. 그러나 결과는 신통치 않았다. 여기서 그가 느낀 것은 어른들은 본인과 비슷한 상대가 아니라면 제대로 상대해 주는 법이 없다는 것이었다. 여기에 대한 신랄한 비판이 〈귀국편〉에 적혀 있었다.

'물론 내가 뭐하는 사람인지 모르니 굳이 위험을 감수할 필요도 없지만……. 섭섭한 건 어쩔 수 없단 말이지.'

그는 술잔을 다시 들이켰다.

'솔직히 지금 그때 쓴 글을 보면 믿음직한 문장력은 아니지. 그건 인정! 여전히 재밌긴 하지만.'

출판사와 작가들에게 받은 부정적인 답변은 언젠가 그들을 반드시 뛰어넘겠다고 결심하는 계기가 되었다.

'지금은 그때와 또 다르니……. 다시 한번 도전해 볼까?'

그는 술잔에 술을 따르며 생각했다.

'지금은 나쁘지 않잖아?'

그렇지만 오늘은 글솜씨가 좋아졌다거나 지적 수준이 높아졌다거나 하는 것을 고민하기 위한 날이 아니었다.
'아, 맞다.'
그는 과거의 생각을 잠시 빌리기 위해 일기와 여행기를 읽고 있다는 사실을 기억해 냈다.
'글이 재밌으니 생각이 자꾸 다른 곳으로 빠지네.'
문돌은 다시 집중해서 과거의 자신을 이해하려고 애썼다.
'어른들은 모두 바쁘고, 비슷한 수준이 아니면 전혀 상대해 주지 않는다라. 그 당시에 어른들을 되게 비딱하게 보고 있었구나.'
상황이 여의찮아 관심을 주지 못한 어른들은 어떤 어른일까.
그것이 잘못된 것일까? 적어도 쉽게 말할 문제는 아닐 것이다.
'자, 제대로 생각을 정리해 보자. 강의에서 다룬 내용이 허접하지는 않았나?'
그는 스스로 던진 질문에 고개를 끄덕이며 긍정했다. 그는 젓가락으로 가자미구이를 큼지막하게 한 점 뜯어 먹었다.
'완전히.'
술잔을 들이키며 다시 질문했다.
'학생들에게 강의 내용이 도움이 된다고 생각하나?'

그는 '크' 하는 소리와 함께 얼굴을 찡그리며 고개를 갸웃거렸다.

'아마도?'

문돌은 강의 내용이 학생들에게 도움이 될 것이라고 믿지만, 그들에게 실질적으로 필요한 것인지에 대해서는 확신이 서지 않았다. 그는 의자에서 일어나 소주를 한 병 더 가져와 자리에 앉으며 다시 질문했다.

'진심으로 학생의 도전을 받을 준비가 되어 있을까?'

소주병 뚜껑이 돌아가며 병과 뚜껑이 연결된 부분이 떨어지는 소리가 들렸다.

'……'

잠시 후 술잔에 소주가 떨어지는 소리가 들렸다.

'진심으로 동등하게 의견 교환이 일어날 수 있다고 생각하는가?'

순간 문돌은 자신이 전형적인 어른과 크게 다를 바 없다는 사실을 깨달았다.

'동등하게는 안 되겠지.'

그는 가득 찬 잔을 비우며 생각했다.

'도대체 뭐가 되고 싶다는 거야.'

빠르게 술을 마신 탓일까, 갑자기 취기가 오르는 게 느껴졌다. 그는 오두막 주인장에게 괜찮다면 혹시 자신이 신청하는 노래를 틀어 줄 수 있는지 물었다. 지금 그의 머릿속에는 이 과정이 매우 매끄럽고 자연스럽게 느껴졌다. 그러나 주인장은 살짝 놀란 눈치였다.

"되, 되지. 왜, 오늘 무슨 일 있나?"

"아니요, 무슨 일은요. 이런 분위기에 딱인 노래가 있어서요."

"그래, 저기 가서 틀면 된다."

주인장은 계산대 옆에 스피커와 연결된 휴대폰을 가리켰다. 문돌은 알 수 없는 표정을 지으며 계산대로 걸어가 빌 에반스의 'Waltz for Debby'를 틀었다.

그는 갑자기 웃음이 났다. 오두막에서 왈츠라니.

문돌은 소주를 다시 잔에 따른 뒤 휴대폰을 들었다. 그러고는 대학교 동기들이 있는 단체 메시지 방을 켰다. 지금은 모두 취업했기 때문에 다른 지역으로 뿔뿔이 흩어졌지만, 여전히 연락하며 지냈다. 문돌도 어느덧 서른 살이 되었기 때문에 20대의 자기 모습은 어느 정도 단편적이고 흐릿했다.

문돌은 10년째 동고동락했던 대학교 동기들에게 자신의 20대가 어땠는지 물어보고 싶어졌다. 사회성이라는 측면에서 볼 때 '사람 됐다'라는 평가를 종종 듣긴 했지만, 친구들이 인상 깊게 기억하는 사건이나 행동이 무엇인지는 몰랐다. 그는 따라 둔 잔을 비우고 메시지를 보냈다.

'다음 주 주말에 술 마실 사람- 내가 살게.'

문돌이 연락하며 지내는 동기는 모두 일곱 명이다. 그중 누구는 서울로, 누구는 부산으로, 누구는 대전으로 삶의 터전을 옮겼다. 일하는 시간도 일하는 업무도 달랐다. 이젠 약속을 잡으려면 적어도 일주일 전에는 말해야 했다. 10년 전과는 서로 살아가는 시간이 많이 달라졌다. 역시나 곧바로 답장이 오지는 않았다.

문돌이 친구들의 답장을 기다리는 사이 'Waltz for Debby'가 끝났다. 그는 흥얼거리며 다음 곡을 선택하기 위해 자리에서 일어났다. 다음 곡은 'Everything Happens To Me'였다. 오늘 낮에 있었던 경험을 떠올리며 취기를 한껏 즐기기 위해서였다. 그는 자리로 돌아가 앉아 가자미구이를 한 입 먹었다.

그러고는 가게 한쪽 벽면에 걸려 있는 시계를 바라보았다. 어느덧 11시가 넘어 있었다. 그때였다. 새로운 손님이 가게 문을 열고 들어왔다. 그는 소리가 나는 쪽으로 고개를 돌렸다. 전혀 예상치 못한 사람이었다.

최설이었다.

18

"어? 안녕하세요."

문돌이 놀라며 인사했다. 취기로 인해 발음이 약간 꼬여 있는 게 느껴졌다.

"어?"

최설 역시 조금 놀란 기색이었다.

"혼자 오신 거예요?"

"친구가 야식 먹자고 해서요. 곧 아르바이트가 끝난대요."

"아, 저는 여기서 종종 혼술을 하거든요. 이제 곧 일어나려고요."

문돌은 설에게 친구를 기다리는 동안 잠깐 동석해도 괜찮다고 말했다. 그러면서 먹고 싶은 것을 주문하라고 했다.

"저는 진짜 이제 일어나려고요."

그는 똑같은 말을 반복했다.

"괜찮은데……."

"사양하지 않아도 돼요……. 골라 보세요."

"음, 낙지탕탕이도 괜찮나요?"

"물론이죠!"

설은 가끔 친구와 오두막에 온다고 했다. 하지만 여기서 문돌을 본 적은 없는 것 같다고 덧붙였다. 문돌은 낙지탕탕이를 주문한 뒤 자신의 잔에 술을 따랐다. 그녀는 들릴 듯 말 듯 흥얼거리고 있었다.

"어?"

스피커가 아닌 곳에서 익숙한 멜로디가 그의 귀에 들렸다.

그는 설을 바라보며 지금 나오는 곡이 무슨 곡인지 아느냐고 물었다.

"'Everything Happens To Me' 아니에요?"

"오!"

"제가 좋아하는 곡이거든요."

"정말요?"

"재즈도 좋아해요."

"생각지도 못했네요. 클래식을 전공한다고 하셔서……."

"둘 다 좋아하는 걸요."

"그러면……. 피아노로 재즈도 연주하나요?"

"네."

"저도 재즈 정말 좋아하거든요. 피아노를 잘 치진 못해도, 필살기로 한 곡만 연습해 보려고요. 생각해 둔 곡도 있어요."

그는 컵에 물을 따른 뒤 설에게 건넸다. 그리고 두 번째

병에 남은 소주를 잔에 모두 옮겨 담았다.

"어떤 곡인데요?"

"혹시 'Magic Waltz'라고 아세요?"

"네, 얼마 전에 발표도 했어요. 신기하다."

"오!"

그는 술잔에 남은 술을 모두 비웠다. 그러고 나서 물었다.

"연주 영상도 있나요?"

"보여드릴까요?"

"그 곡을 정말 좋아하거든요. 독일에 있을 때도 매일 들었어요."

"독일에 간 적 있으세요?"

"아, 잠깐 반년 정도……."

"교환학생으로?"

"교환학생은 아닌데, 다음에 기회 있을 때 말씀드릴게요. 아! 독일 유학을 고민하셔서……."

"아직도 고민 중이에요."

설은 문돌의 말에 답하면서 휴대폰에 저장된 연주 영상을 찾았다. 잠시 후 그녀는 찾은 영상을 문돌에게 보여 주었다. 그 사이 문돌이 선곡한 곡이 끝나고 오두막의 스피커에서는 -그가 선택하지 않은- 다음 곡이 흘러나오고 있었다. 그러나 그의 관심은 이제 그곳에 없었다.

문돌은 설이 보여 준 영상을 보고 놀랐다. 생각했던 것보다 훨씬 규모가 큰 연주회에서 그녀가 너무나 멋지게 연주했기 때문이다. 그는 'Magic Waltz'를 감상하는 데 몰입했다. 연주가 마무리되는 지점에서 자신도 모르게 손뼉을 쳤다.

"어때요?"

"너무 멋지신데요? 진짜로."

"나중에 원하시면 어떻게 치는지 알려드릴게요."

"정말요?"

설은 가볍게 고개를 끄덕였다.

문돌은 선물을 받은 것처럼 기분이 한껏 들떴다. 그때 설의 일행이 가게 문을 열고 들어왔다. 이제 일어나야 할 때다.

"저는 먼저 일어날게요. 다음에 또 봬요."

문돌은 정신을 부여잡고 똑바로 일어서기 위해 애를 썼다. 그러나 다른 사람이 보기에 이미 비틀거리고 있었다.

"사장님, 계산 부탁드릴게요."

문돌은 계산을 하고 가게에서 나왔다. 밤공기를 깊이 들이마시고는 비틀거리며 집으로 향했다.

'클래식 전공자의 재즈 연주라니.'

터덜터덜 집으로 가는 길에 한 무리가 삼삼오오 모여 담배를 피우고 있었다. 그는 연기를 뚫고 계속 걸었다.

'하긴, 나도 독일어 대신 다른 공부를 더 열심히 했잖아.'

문돌은 본인 역시 전형적인 어른과 다르지 않다는 것을 다시금 확인했다.

'나도 모르게 직원님을 전공으로 판단하고 있었네. 잘 알지도 못하면서 말이야.'

그의 생각은 빠르게 현민으로 이어졌다.

'그 친구의 말도 그래, 어떤 상황에서 그런 말을 했는지 나는 모르잖아.'

그는 코로 숨을 크게 들이마신 뒤 입으로 '후' 내뱉었다. 그때였다. 뒤에서 누군가 그를 부르는 소리가 들렸다.

"교수님, 안녕하십니까."

그를 부른 사내는 입에 물고 있던 담배를 오른손에 쥐고 허리 뒤로 가린 뒤 문돌의 반응을 살폈다. 문돌은 살짝 풀린 눈을 몇 번 감았다 뜨고는 소리가 들린 쪽으로 고개를 돌렸다. 거기에는 현민이 서 있었다.

"혀, 현민 학생이죠?"

"네, 교수님."

문돌은 무언가를 의도하고서 말하는 대신 그가 느끼는 대로, 자연스럽다고 생각하는 대로 말을 이어 갔다.

"어제 질문 좋았어요."

"네?"

"제가 지금 술을 한잔해서 혀가 조금 꼬였나 봐요."

그 말이 아니었다.

"아, 그게 아니라……. 감사합니다."

"어제 질문이 날카로웠어요. 사실 정말 중요한 문제였죠."

"네……."

"그러면 다음 수업 때도 좋은 질문 기대할게요."

"네, 감사합니다."

"저는 먼저 가 볼게요……. 중간고사 기간 끝나고 봐요."

"네, 조심히 들어가십시오."

문돌은 비틀비틀 걸어갔다. 게걸음처럼. 다른 사람의 눈엔 앞으로 가는 것처럼 보이지 않았지만, 어쨌든 그는 앞으로, 집으로 향했다.

집에 도착한 뒤에는 씻지도 않고 곧바로 침대에 누웠다. 휴대폰을 열어 메시지를 확인하니 다음 주 토요일에 시간이 될 것 같다는 동기들의 메시지가 눈에 들어왔다. 그는 대화에 들어가 구체적인 일정을 잡고 싶었다. 하지만 스르르 감기는 눈과 취기는 지금은 자야 할 때라는 사실을 말해 주는 듯했다. 그는 잠들기 직전에 마지막으로 이렇게 생각했다.

'내가 될 수 있을까.'

그는 이 질문이 지금 자신에게 필요한 번뜩이는 질문이라고 생각했다. 그러나 다음 날, 스스로 특별한 질문을 했다는 사실만 기억할 뿐 어떤 질문을 떠올리며 잠들었는지 기억해 내지 못했다. 그러나 설과 현민과 나눈 짧은 대화는 매우 선명하게 떠올랐다.
"으악!"

19

육지와 바다 사이에는 조간대라 불리는 지대가 있다. 조간대는 해수면이 가장 높아졌을 때의 해안선과 해수면이 가장 낮아졌을 때의 해안선 사이 부분을 가리킨다. 조간대는 물이 들어설 때는 바닷물에 잠기고 물이 빠져나갈 때는 공기에 노출되기 때문에 생명체가 살기에 상대적으로 혹독한 환경이다.

조간대는 생태 이행대에 속한다. 생태 이행대는 일반적으로 두 개의 생물군집이 접하는 부분을 의미한다. 주로 인접하는 군집 구성종이 서로 섞이거나 경쟁 관계에 있을 때 이러한 생태 이행대가 형성된다. 생태 이행대의 크기는 육지와 바다의 경계처럼, 그리고 초원과 숲의 경계처럼 환경 조건이 급격하게 변할수록 좁아진다.

흥미로운 것은 생태 이행대의 다양성과 생산성이 경계 너머의 지역보다 큰 경우가 많다는 점이다.

그런데 어떻게 해서 조간대 같은 혹독한 환경에서 더 많은 가능성이 발생하는가.

아니, 그보다 더 궁금한 것은 우리 사회에도 조간대 같은 장소가 있을까 하는 것이다.

30대의 삶은 20대와 40대 사이의 조간대인가.

스물한 살의 삶은 스무 살과 스물두 살 사이의 조간대인가.

스물네 살의 삶과 서른여섯 살의 삶 사이에 서른 살을 살고 있는 삶이 조간대인가.

어쩌면 인간 사회에서 생태 이행대는 살아가는 매 순간일지도 모른다. 언제 어디서든 심심치 않게 정체성을 위협받고 도전받으며 새로운 환경과 조건에 맞게 정체성을 전환하기 때문이다.

학생으로서, 직장인으로서, 부모로서, 어른으로서.

친구로서, 동료로서.

그러한 이유로 우리는 살아가면서 다양한 조간대에 잠시 머무르고 적응한 다음, 적절한 시기가 무르익으면 다시 떠나는 경향이 있는 것 같다. 그렇게 떠난 곳에는 먼저 떠난 사람과 이제 막 도착한 사람 사이에 새로운 생태 이행대가 형성될 것이다.

누군가에게 가장 오래된 이야기는 다른 누군가에겐 가장 최근의 이야기일 수 있다. 먼저 도착한 사람들이 형성한 생태계에 새로운 사람들이 도착함으로써 새롭지만 완전히 새로운 것은 아닌, 다양한 이야기가 시작될 것이다.

우리는 우리의 이야기가 후발 주자들에 의해 어떻게 변주될지 알 수 없다.

우리의 진행 방향에서 부딪힌 경계만 확인할 수 있을 뿐이다.

그것들을 미리, 혹은 다시 볼 순 없을까.

청년의 삶으로 어른의 삶을 살 수 없고, 청년의 삶이 지났다고 어른의 삶이 되는 것도 아니다.

사실 그건 별로 중요하지 않지만 말이다.

크레슈

20

 시간은 빠르게 흘러 문돌과 친구들이 만나기로 한 날이 다가왔다.
 "여기야."
 동기 중 한 명이 손을 들며 문돌을 불렀다. 문돌 외에는 모두 약속 장소에 도착해 있었다. 두 개의 테이블 위에는 이제 막 불판에 올라간 고기가 구워지고 있었으며, 맥주병과 소주병이 각각 놓여 있었다.
 "돌 박사 왔어?"
 "오, 이제 돌 박사야?"
 "돌 박사라니, 김 박사지!"
 "김 박사가 아니라 김 교수 아니야?"
 "김 교수라니, 돌 교수지!"
 친구들은 동기 중 가장 마지막으로 경제 활동을 하게 된 문돌을 반겨 주었다. 그들은 문돌을 어떻게 불러야 할지를 두고 시작부터 왁자지껄했다. 문돌 역시 친구들에게 가벼운 인사를 건네며 자리에 앉았다. 그가 말했다.
 "에이, 교수 아니야. 강사인데 뭘."
 "오, 그럼 김 강사야?"
 "김 강사라니, 돌 강사지!"
 "아우 정신없어. 자, 일단 한 잔 받아."

어수선한 분위기 속에서 한 녀석이 상황을 정리했다. 백지혁이었다.

현재 서울에서 직장을 구해 브랜딩 부서에서 일하는 그가 말했다.

"일은 할 만해?"

문돌은 맥주잔에 소주와 맥주를 가득 받으며 답했다.

"하고 싶었던 거니까."

"이제 두 달 정도 됐지?"

"어. 벌써 중간고사도 끝났어. 시간 참 빠르네. 다음 주까지 과제 채점해야 해."

"이야, 시험 기간이라니. 그 말 자체가 너무 오랜만이다."

문돌은 피식 웃으며 잔을 들었다.

"반갑다 얘들아."

여섯 개의 잔과 한 잔의 물컵이 불규칙하게 부딪치며 맑은 소리를 냈다. 문돌은 맥주와 소주가 섞인 첫 잔을 요령껏 마신 뒤 계속해서 말했다.

"대학원에 다니면서 학부생 감독이나 해 봤지 시험 문제를 내 본 적은 없거든. 그런데 이번에 중간고사 과제도 내고 채점도 해야 하니까 신기하더라."

"어땠어?"

여섯 명 중 한 명이 물었다.

"학생들에게 이 시험이 얼마나 중요할지 생각해 봤거

든. 그만큼 신경 써서 문제를 내야 하니까. 그런데 기억이 안 나는 거야. 나는 별로 중요하게 생각하지 않았던 것 같은데."

"어, 나는 모든 시험이 다 중요했는데."

"나도."

"그래서 대충 만들었다고?"

"돌 박사 큰일 나겠네."

"아니, 그게 아니라……. 당연히 신경 써서 냈지. 채점 기준도 다 세워 뒀고. 그래서 말인데, 너희들이 보기에 나는 학부생 때 어땠어?"

고기를 뒤집으며 이야기를 듣고 있던 지혁이 답했다.

"그때랑 비교하면 뭐랄까, 지금은 많이 열렸지. 그때 기억나? 우리 독일로 인턴 갔을 때."

"우리는 아니지."

문돌이 멋쩍게 답했다.

그때 다른 쪽 테이블에서 고기를 굽던 이현종이 말했다.

"아니야. 그때나 지금이나 자기 생각 강한 건 똑같지 않나?"

그러자 문돌은 고개를 끄덕이며 '그 말도 맞지'라고 중얼거렸다. 그가 말했다.

"둘 다 맞는 말인 듯?"

지혁은 고기를 한 번 더 뒤집어 보더니 이제 먹어도 된다는 신호를 주었다.

"지금 생각해도 신기해. 우리가 성격이 잘 맞는 건 아니잖아?"

문돌은 고기를 한 점 집어 상추에 올린 뒤 양파와 쌈장을 얹어 입에 넣었다. 그는 쌈을 어느 정도 씹고 나서 한 손으로 입을 가리며 말했다.

"그러니까 말이야. 우리처럼 이탈자 없이 오래 만나고 있는 곳도 드물걸?"

그때 현종이 말했다.

"야, 그래도 위기는 있었지. 니들 때문에."

문돌은 현종이 말하는 동안 친구들의 빈 잔에 술을 채워 주었다.

문돌과 동기들은 대학교를 졸업하고 나서 계 모임을 시작했다. 한 달에 2만 원씩 모아 여름에 한 번, 겨울에 한 번 여행을 가기 위해서였다. 타지로 나갈 친구들과 정기적으로 모일 명분을 만들어 결속력을 높이고자 했다. 처음 2년은 문제없이 잘 유지됐다. 그러나 개성 넘치는 구성원들이 모인 집단에서 장기간 문제가 없다는 것은 단순히 운이 좋아서가 아니다. 문제가 생기지 않았다는 것은 누군가가 이 모임을 위해 남몰래 배려하고 있다는 것이고, 또 다른 누군가는 모임을 위해 어떤 문제를 참고 있다는 것을 의미하기 때문이다.

사건은 계 모임 3년 차에 발생했다.

그동안 여행 계획과 운전 담당은 정해져 있었다. 요리하는 사람도 정해져 있었다. 문제는 그 모든 일을 같은 사람이 한다는 것이었다. 지혁과 현종이었다. 한 번은 지혁과 현종이 이 상황에 대해 의문을 제기했다.

"같이 놀러 가고, 같이 여행 가는데 왜 항상 우리만 일하는데!"

그동안의 일을 돌아볼 때 충분히 할 수 있는 주장이었다. 그래서 지혁과 현종을 제외한 나머지 다섯 명이 사과했다.

"이런 식이면 더는 모임을 지속할 필요를 못 느끼겠어. 지쳤거든."

하지만 모두 이 문제를 해결하고 싶었다. 여전히 서로를 친구로 생각했고, 과도한 일만 몰리지 않는다면 다시 예전처럼 놀 수 있을 거라 믿었기 때문이다. 그래서 문돌과 친구들은 모임을 유지하기 위해 몇 가지 규칙을 세웠다.

가장 핵심적인 규칙은 계주가 여행 계획과 관련된 전권을 위임받는다는 것이었다. 기한은 직전 여행이 마무리된 시점부터 직후 여행이 끝날 때까지였다. 그러면 공평하게 돌아가면서 일을 하게 되니 더 이상의 문제는 없을 줄 알았다. 첫 번째 계주로 문돌이 뽑혔다. 그러나 문돌은 사실 지혁과 현종 이상으로 이 모임에 불만이 많았다.

문돌이 문제 삼는 것은 친구들 사이에 발생한 암묵적인 위계였다. 그는 다양성을 존중하지 못하는 틀은 위계를 낳는다고 생각했다.

이 모임에서 가장 먼저 취업에 성공한 사람은 지혁과 현종이었다. 그들은 종종 이런 말을 하곤 했다.

"이제 우리 나이에는 이렇게 놀아야 해."

그러나 문돌은 그렇게 생각하지 않았다.

'뭔 소리야.'

꼭 그런 것을 따라갈 필요는 없다고 생각했다.

"그런 게 어디 있어. 그냥 놀고 싶은 대로 노는 거지."

"요즘은 다들 이렇게 살아. 아직 학교에만 있어서 모르겠지만."

대화는 언제나 이런 식으로 흘러갔다. 그럴 때면 문돌은 '그래, 그럴 수 있지'라며 한 발 뒤로 물러나 '양보'했다.

사실 이때 문돌이 아량이 넓어서 '양보'했다고 보기는 어렵다. 왜냐하면 그들의 방식을 문제 삼는 것은 문돌밖에 없었기 때문이다. 나머지 네 명은 이래도 좋고, 저래도 좋았다. 그저 싸우지 않고 잘 놀기만 하면 되었다. 문돌은 '다른 애들은 다 괜찮다는데 왜 혼자 고집을 부리느냐'라는 말이 듣기 싫었다. 그래서 문제를 문제 삼지 않았다. 하지만 바람직한 상황이 아니라는 확신은 있었다. 언젠가

부터 친구 사이에 눈에 보이지 않는 위계가 생기기 시작했기 때문이다.

지혁과 현종이 말하는 '우리 나이'에는 여행을 갈 때 대중교통을 이용하는 법이 없었다. 그렇다고 모두 차가 있는 것도 아니었다. 그들은 자연스럽게 '우리 나이'에 맞게 지혁과 현종의 차에 나눠 탔고, 운전은 차주인 지혁과 현종이 맡았다. 이는 여행지나 숙소를 정할 때 그들 목소리의 무게가 더 커진다는 것을 의미했다.

'거기는 운전하기가 애매해.'

'그럴 거면 여기가 더 낫지.'

아니, 이 말은 맞지만 틀렸다. 왜냐하면 대중교통을 이용하면 하지 않아도 될 고민이기 때문이다. 하지만 이 말 앞에서 할 수 있는 말은 없었다.

"차가 있는데 왜 그래야 하는데?"

요리 역시 마찬가지였다. 공교롭게도 운전을 하는 지혁과 현종은 요리하는 것도 좋아했다. 그들은 장을 볼 때도 모자라는 것보다 남는 게 훨씬 낫다며 식재료를 항상 많이 샀다. 그러나 문돌은 다음 날 음식을 다 먹지 못해 식재료를 절반 가까이 버리는 것이 너무 아까웠다. 그는 공금이 이런 식으로 쓰이는 것을 원하지 않았다. 하지만 장을 볼 때는 요리하는 사람의 발언이 절대적이었다.

'없어서 아쉬운 거보다 낫지.'

'그렇게 사면 부족할걸?'

'아니, 이거도 필요해.'

이러한 상황에서 문돌이 할 수 있는 것은 거의 없었다.

물론 그들이 고생하지 않았다는 것은 아니다. 다만, 그런 식의 고생을 굳이 안 해도 된다고 생각했다. 적어도 문돌이 보기에 그들은 고생을 자청하고 있었다.

'일반적'이라는 이름으로 많은 가능성이 차단되고 있었다. 개성은 실종되었고 자발성은 눈에 띄게 감소했다. 문돌은 일곱 명이라는 작은 집단에서는 출처가 불분명한 일반성을 추구하는 것보다 각자의 개성을 조화롭게 추구하는 것이 더 중요하다고 생각했다. 문돌의 입장은 간단했다.

"다른 데서 노는 방식이 왜 여기서도 일반적일 거라고 생각하는 거야? 만약 그 방식이 이 모임에서 문제가 된다면 다른 방식을 생각해 볼 필요도 있는 거 아니야?"

하지만 그의 주장은 언제나 소수의 의견이었다.

그동안 양보는 많이 해 왔다. 모임의 회칙도 그의 행동에 정당성을 제공해 주었다. 문돌이 계주가 되었을 때, 그는 '이제는 때가 되었다'라고 생각했다.

그는 다음 여행은 대중교통을 이용할 것이라고 선언했다. 숙소도 계곡이나 바닷가 인근의 펜션이 아니라 도심 한복판에 있는 게스트하우스로 정한 뒤 통보했다.

문돌은 친구들이 운전해야 하는 상황을 만들지 않았다. 그리고 숙소를 게스트하우스로 잡음으로써 요리해야 하는 상황 자체를 원천적으로 차단해 버렸다.

의외로 다른 친구들의 반발은 심하지 않았다. 오히려 자신이 계주가 되었을 땐 '어떤 콘셉트의 여행이 좋을까?' 하고 고민하기도 했으니 말이다.

그러나 지혁과 현종은 강한 반발심을 보였다. 그들은 심심치 않게 말싸움을 벌였다.

"인당 교통비를 계산해 보면 자차가 훨씬 이득인데 굳이?"

"우리끼리 놀려고 여행 가는 건데 웬 게스트하우스?"

이땐 문돌도 물러서지 않았다.

"이런 식의 여행을 가 보고 싶었어."

그들은 이렇게 반문했다.

"네가 하고 싶은 것만 하지 말고 다 같이 즐길 수 있는 방식으로 여행을 가야 하지 않을까?"

문돌은 이렇게 답했다.

"아니지. 그동안의 방식이 됐다면 이것도 돼야지. 그건 되고 이건 왜 안 되는데?"

이런 식의 답변은 다시 반문을 낳았다.

"그건 '일반적인 동의'가 이뤄진 방식이니까 이거랑 다르지."

문돌은 지지 않고 계속 대꾸했다.

"일곱 명이 동의하면 될 일을 왜 자꾸 일반적이라는 말로 흐리는지 이해할 수가 없네. 전에는 나도 양보했으니 이번에는 너희가 양보할 차례 아니야?"

대화는 대체로 문돌이 그들을 거칠게 쏘아붙이는 것으로 마무리되었다.

"이럴 거면 전권을 왜 위임한 건데? 너희 대신 일해 줄 사람이 필요했던 거야? 이게 왜 불만인지 모르겠네. 모두가 동의하는 회칙을 만들고 그 회칙 내에서 여행을 계획하겠다는 건데. 진심으로 생각해 봐. 내가 틀린 게 뭐가 있는지."

이러한 갈등이 발생했을 당시, 문돌은 적어도 자신이 틀리지 않았다고 굳게 믿었다.

다만, 서른 살이 된 현재 시점에서 과거의 자신을 돌아본다면 적어도 한 가지 명백한 실수는 발견할 수 있을 것이다.

문돌은 뜻대로 풀리지 않는 문제를 항상 결과로 증명하려고 했다. 좋은 결과물은 자신이 옳았다는 것을 보여 주는 가장 확실한 증거이자 방법이었다. 그러나 결과를 내는 것만큼 결과를 만들어 가는 과정을 중요시하는 사람도 있다는 사실을 그때는 몰랐다. 문돌은 자신이 옳았음을 증명하기 위해 관계 속에서 고려해야 할 수많은 다른 가치를 저버렸다. 그는 논리적이었지만 합리적이지 못했다.

다른 친구들이 그가 회칙을 악용하고 있다고 지적했을 때, 이를 논리적으로 반박하는 것은 어려운 일이 아니었다. 하지만 친구들의 신용을 잃고 있다는 사실은 깨닫지 못했다.

문돌은 계주로서 적지 않은 회비를 남겨 이월시키는 한편 여행도 나름대로 재밌게 놀다 오는 데 성공했다. 하지만 그것이 전부가 아니라는 사실을 알지 못했다.

그때가 그들이 20대 후반에 겪었던 첫 위기였다.

문돌이 다시 술을 따라 주며, 약간은 멋쩍은 듯 머쓱한 표정을 지으며 말했다.

"그때도 그랬고, 지금도 똑같아. 그 문제에 대해선 여전히 내가 틀리지 않았다고 생각해. 물론 더 좋은 방법으로 해결해야 했지만!"

그러자 지혁이 잔을 들며 말했다.

"이것 봐, 이것 봐."

현종 역시 무심한 표정으로 거들었다.

"개같이 고집이 세다니까."

예나 지금이나 문돌은 꼭 한마디씩 더 거들었다.

"누구를 가르치려면 이 정도 믿음은 있어야 하지 않겠어?"

21

"그래서 두 번째는 뭔데?"

 문돌의 맞은편에 있는 친구가 고기를 상추 위에 올리며 물었다. 현종은 불판 위에 새로운 고기를 올리고 있었다.

"그래, 두 번째는 뭐지? 내가 생각하고 있는 게 맞나?"

 문돌 역시 이번에는 확신이 들지 않았다. 그래서 두 번째 사건이 무엇인지 곰곰이 생각해 보았다. 그때 고기를 올리고 있던 지혁이 현종을 보며 말했다.

"아, 그거 아니야?"

 문돌은 지혁에게 손짓과 눈짓으로 집게와 가위를 넘겨달라고 신호를 보냈다. 지혁은 집게와 가위를 넘겨주며 말했다.

"말투 문제."

 현종은 이번에도 잔에 가득 찬 술을 마시며 무언의 긍정을 했다.

"다른 애들은 모를 수도 있겠다. 다 있을 때 그런 건 아니거든."

 지혁은 문돌이 고기를 굽는 모습을 잠시 지켜본 뒤 문돌을 보며 물었다.

"그때 같이 있었지?"

 문돌은 말없이 고기를 한 번 뒤집었다. 그러고는 뭔가 떠올랐는지 입을 열었다.

"아아! 다른 애들은 그때 자고 있었을 거야. 우리 셋만 깨어 있었지."

문득 시선이 몰리는 것을 느낀 문돌이 손사래 치며 말했다.

"아! 이번엔 나 때문에 그런 거 아니야. 알지?"

그러자 현종은 고개를 절레절레 흔들었다.

"뭔 소리야, 네 탓도 큰데."

그는 집게와 가위를 다른 친구에게 넘겨주며 그때의 상황을 설명하기 시작했다.

"작년 겨울이었나? 내 말투를 가지고 항상 지랄하던 때가 있었어. 정말 충격이었지. 너희들한테 마음을 열면 열수록 더 놀림받는 기분이었으니까."

현종은 한숨을 푹 내쉬었다.

"내가 직장에서, 학교에서, 동네에서, 집에서 쓰는 말투가 다 다르다는 거 알지? 나는 편하면 편할수록 거짓도 없어야 한다고 생각하거든. 난 너희들 앞에서는 체면치레하고 싶지도, 가식을 떨고 싶지도 않았어. 그래서 말도 점점 더 편하게 하게 된 거야. 그런데 말투가 말썽이었지. 시발. 어느 순간부터 너희들이 내가 센 척을 한다며 뭐라 하기 시작했어."

평소엔 먼저 말하는 것을 좋아하지 않는 현종이지만, 뭔가에 한 번 꽂히면 쉴 틈 없이 말을 내뱉는 게 그의 스타일이었다.

"웃자고 하는 말이었겠지. 하지만 내 귀에는 그렇게 들리지 않았어. 너희들은 분명 나를 무시했거든. 말을 무식하게 한다고! 못 배운 사람처럼 말한다고! 언젠가 날 잡아서 두들겨 패 주려고 했어. 아니나 다를까, 그날도 그런 말이 나오더라고."

현종의 말을 가만히 듣고 있던 문돌은 잘못된 정보에 대해 정정하고 싶은 욕구가 솟구쳤다. 문돌이 말했다.

"무식하게 말한다고 한 적 없고, 못 배운 사람처럼 말한다고 한 적도 없는데? 왜곡하지는 말길!"

그는 개구쟁이처럼 익살스러운 표정으로 지혁을 바라보았다.

문돌의 의도를 파악한 지혁은 현종을 살살 긁으며 놀렸다.

"이야, 또, 또! 우리를 두들겨 팬다고?"

그러나 이날 현종은 생각보다 진지했다.

"빌어먹을 개자식들! 말하고 있잖아. 마저 들어."

지혁은 문돌의 눈치를 살폈다. 문돌은 지혁의 시선을 피했다. 현종이 계속해서 말했다.

"나는 너희들이 말하는 것처럼 거칠게 말하는 것도 아니고 욕을 많이 하는 것도 아니야. 맞잖아! 내 생각이 아니라 객관적으로 그래. 근데 니들이 인정을 안 했지."

그는 침을 꼴깍 삼키고는 말했다.

"세상에 거친 사람들이 다 뒤졌냐? 엿이나 먹으라 그래."

문돌의 맞은편에 있던 친구가 문돌에게 물었다.

"쟤 왜 저렇게 화났냐?"

그가 어깨를 으쓱하며 답했다.

"일단 들어보자. 나도 잘 모르겠어."

그때 현종이 문돌을 가리키며 말했다.

"거기서 네가 뭐라고 했는지 기억나? 안 난다면 기억나게 해 주지. '만약에 우리가 계속 친구 관계를 유지하려면 너의 언어 습관을 반드시 고쳐야 해'라고 협박했지."

"내가 언제 그렇게 말했냐……."

"들어. 네 고집만 부리지 말고. 그 당시에 나는 그런 말을 하는 문돌이 도저히 이해되지 않았어. 객관적으로 봐도 내가 그렇게 이상한 놈은 아니었거든. 네가 공부만 해서 사람을 잘 몰라서 그렇지, 실제로 이상한 사람들을 만나 보면 나 정도는 정말 아무것도 아니란 말이야. 나 정도는 일반적인 범주에서 봤을 때 정상이라고."

예나 지금이나, 문돌에게 공부만 해서 잘 모른다는 표현은 참 거슬렸다. 그의 표정이 순식간에 굳어졌다.

"듣자 듣자 하니까 어이가 없네. 야! 우리 일곱 명 이야기를 하는데 왜 자꾸 밖에 있는 사람들 이야기를 하는 거야. 그 사람들은 그 사람들이고, 우리는 우리 아니야? 우리 일곱 명 중에 너처럼 말하는 사람이 누가 있어. 전혀 일반적이지 않은 것 같은데?"

차분히 얘기를 꺼내던 문돌의 목소리가 어느새 커지고 빨라졌다. 확실히 열을 받은 모양새였다. 다행히도 지혁이 적절하게 끼어들어 대화 주제를 환기시켰다.

"맞아, 맞아. 그때도 이런 식으로 마무리됐던 것 같은데. 야, 섭섭하면 우리가 안 그래야지. 앞으로 그러지 않을게."

그는 이야기를 제대로 마무리하기 위해 현종에게 몇 마디 덧붙였다.

"그래도 오해를 방지하자는 차원에서 이것만 딱 말할게. 네가 기준으로 두는 집단과 정반대의 사람들로 구성된 집단도 있거든. 욕이라곤 단 한마디도 안 하는 친구들 말이야. 내겐 그 친구들이 기준이었던 것 같아."

지혁이 현종에게 술을 따라 주며 말했다.

"돌아보니까 일반적이라고 생각했던 게 일반적인 건 아니더라고. 다 내 기준이었던 거지. 우리 기준도 필요하지 않겠어?"

왠지 모르게 현종은 지혁의 마지막 말이 가슴에 와닿았다.

"우리의 기준……. 그래, 그 말도 맞네."

 이야기를 마친 현종은 문돌의 맞은편에 있는 친구를 바라봤다. 그는 고기쌈을 쌓고 있었다. 현종의 시선을 느낀 그는 고기쌈을 입에 넣기 전에 무심한 표정으로 현종을 쳐다보았다.
"뭐야, 그게 다야?"
 그의 무관심한 한마디에 무겁게 가라앉은 분위기가 일순간에 풀렸다.
"야, 지루하다. 다른 이야기나 해라."
 그 말에 지혁은 물론 다른 녀석들도 킬킬 웃음을 터뜨렸다. 굳었던 문돌의 표정도 어느새 누그러졌다. 그는 다시 차분해진 목소리로 한마디 거들었다.
"우리의 기준이 필요하다는 거, 내가 예전부터 말한 것 같지 않아?"
 하지만 현종은 문돌의 주장에 크게 동의하지 않는 듯했다.
"아니야, 네가 말한 거랑은 다르지."
 문돌은 인위적으로 코를 한 번 찡그리고는 잔을 들며 말했다.
"그래? 한 잔 하자."
 그는 익살스러운 표정을 지어 보였다. 다른 친구들도 그 표정에 화답하듯 기꺼이 잔을 채웠다.

"젠장, 매번 이런 식이라니까. 왜 맨날 나만 당하는 거 같지. 진짜라고!"

그들은 이처럼 만날 때마다 항상 투덕거렸다. 하지만 10년이라는 세월이 그냥 쌓인 건 아니었다. 이제는 그들도 어렴풋이 '우리의 기준'을 세운 듯했다. 그것을 굳이 회칙으로 정하지 않더라도 말이다.

임의적이고 단정적인 비교로는 그 누구의 삶도 제대로 평가하기 힘들다. 터무니없어 보이던 친구들이 이제는 너무나 자연스럽고 익숙해 보였다. 터무니없는 것은 타인의 관점이 아니라, 타인의 관점이라 믿는 자신의 관점이었다.

"이거지."

이것의 의미를 꼭 말로 설명해야 할까. 말은 의미보다 앞서지 못한다.

22

"그나저나 돌 박사는 어떻게 수업하고 있어? 재밌게 해?"

문돌의 친구 중 한 명이 물었다. 문돌은 어깨를 으쓱하며 답했다.

"약간 재능이 있는 거 같기도 하고?"

문돌은 자신의 강의에 자부심이 있었다. 그러나 그 자부심을 당당하게 표현하는 순간에도 현민의 말이 머릿속에 맴돌았다. 그때 현종이 말을 이었다.

"그래도 문돌이는 말을 재밌게 하니까 학생들이 좋아하겠다. 우리 때 생각해 보면 정말 재미없는 수업 많았잖아. 별 희한한 수업도 많았고."

"또, 또 남 욕한다."

현종의 말에 지혁이 이어서 답했다.

"근데 맞긴 해."

문돌은 말없이 고개를 끄덕였다.

친구들은 저마다 들었던 수업과 교수들에 대해 한마디씩 거들었다.

그들의 비판이 독어독문학과만 향하는 것은 아니었다. 비판의 대상은 심리학과, 신문방송학과, 사회복지학과, 경제학과, 경영학과 등 그들이 거쳐 왔던 모든 수업과 모든 교수였다. 문돌의 수업 같은 교양 수업도 예외는 아니었다. 여섯 명의 친구는 각기 다른 이유로 자신이 경험한 수업과 교수를 비판했다.

시험과 관련된 비판은 지혁이 꺼냈다. 그는 대학교 서술형 문제에 불만이 있었다. 보통 인문대에서 출제되는 서술형 문제는 B4 크기의 답안지에 답을 써야 하는데, 종이 크기에 비해 문제는 항상 간단했다. 이를테면 이런 식이었다.

'로마 제국이 동로마와 서로마로 분열되는 과정을 서술하시오.'

지혁은 핵심 사건 위주로 그 과정을 다섯 줄이 넘지 않게 정리했다. 스스로도 깔끔하게 정리했다고 생각했다. A가 나오느냐 B가 나오느냐는 문제가 아니었다. 그는 A+이거나 A0 둘 중 하나를 받으리라 확신했다. 그러나 성적표가 나왔을 때 두 눈을 의심할 수밖에 없었다. 그 강의에서 받은 학점이 C+였기 때문이다.

"그런 시험은 정답을 적어도 C+를 받으니 원. 뭐 어쩌라는 건지."

특정 학생을 편애하는 교수에 관한 이야기는 현종이 꺼냈다.

"간혹 제정신인지 의심이 갈 때가 있다니깐. 앞에 앉은 몇 놈하고만 이야길 주고받으며 나머지 애들은 신경도 안 쓰는 교수를 보면!"

문돌의 건너편에 있던 친구는 속된 말로 '꿀 빤다'라는 표현으로 교수들을 비판했다.

"수업 시간 내내 학생들이 발표하고, 수업이 끝날 때쯤 몇 마디 거드는 게 다였던 수업도 있지 않았어? 완전 꿀

빨았지."

 문돌이 듣기에 친구들이 하는 말은 순전히 헛소리였다. 원한다면 즉시 조목조목 따지고 들어 반박할 수도 있었다. 그들은 그냥 제대로 공부하지 않았던 것이다. 그는 어쩐지 교수들을 변호해야 할 것 같은 기분에 사로잡혔다. 그러나 문제는 자신도 한때 그런 생각을 한 적이 있다는 것이다. 헛소리이든 아니든 중요한 것은 학생들은 그렇게 생각한다는 것이다. 그는 아무 말도 할 수 없었.

 문돌이 잠시 이런 생각에 빠져 있을 때, 다른 친구들이 한마디씩 거들었다.

 "이런 교수도 있었어. 근거와 논리를 가지고 있다면 자신의 주장에 반대해도 좋다는 교수들. 그런데 거기서 진짜로 반대하면 A+는 절대 못 받더라고? A+가 뭐야. 잘 나오면 B+, 못 나오면 C+이었는데. 속으면 안 된다니까."

 사실 이런 경험은 문돌 역시 적지 않았다. 하지만 이제는 이 경험이 조금 달리 보이기 시작했다. 요 며칠간 고민했던 내용이 어쩐지 연결된다는 느낌이 들었기 때문이다.

 '교수들의 주장에 정당하게 반박할 수 있다면 결코 불이익이 없을 거라는 말은 사실일 거야. 정말로 그렇게 굳게 믿고 있겠지. 하지만······.'

 하지만! 수업 내용에 반대하는 논리에 대해서는 상대적으로 더 엄격하게 반응했음을 알아차리진 못했을 것이다.

교수의 주장에 동의하는 학생의 논리는 빈틈이 있어도 부각되지 않는다. 그러한 빈틈은 의식하지 않아도 자연스럽게 채워져 이해되기 때문이다. 하지만 반대의 경우에는 그렇지 않다. 반대 상황일 때 빈틈은 오히려 더 부각되기 마련이다. 이 빈틈이 메워지지 않는 한 그들의 학점은 B를 넘을 수 없다.

'어쩌면 정당한 비판이라는 게 완전히 헛소리일지도.'

문돌이 점점 깊은 생각에 빠져들 때쯤 현종이 말했다.

"말하다 보니까 또 환장하겠네!"

그는 거의 소리치듯 말했다. 다른 친구들은 이 상황이 재미있다는 듯 현종에게 계속 이야기해 보라고 부추겼다.

"어차피 그런 사람한테는 기대도 안 했기 때문에 괜찮아. 그런데 문제는 뭐냐면 그런 사람한테 잘 보여서 학점만 잘 받으면 된다는 애들이 있다는 거라니까!"

지혁과 친구들은 그의 말에 크게 웃었다. 그들은 한동안 그렇게 웃고 떠들었다. 그러나 문돌은 웃지 못했다.

얼마나 시간이 지났을까. 문돌은 별안간 혼자서 술잔을 연거푸 비우기 시작했다. 그러고는 나지막하게 말했다.

"야, 해 보니까 쉽지 않더라."

어느덧 소주병과 맥주병이 테이블 위를 가득 채웠다.

"뭐야, 왜 이래 이거?"

현종이 살짝 놀라 문돌의 눈치를 살폈다. 그때 문돌이

답했다.

"몰라 인마. 2차나 가자. 여기는 내가 살게."

그는 가게 한 쪽 벽면에 걸려 있는 시계를 확인했다. 벌써 11시 30분이었다.

친구들은 '문돌이도 이제 일을 하기 시작했으니 한 번쯤 살 때가 되긴 했지'라며 먼저 일어났다. 그들은 가게 밖으로 나가 담배에 불을 붙였다. 가게 밖에서 오랜 친구들이 주고받을 법한 호탕한 웃음소리가 들렸고, 카드로 계산을 마친 문돌은 어서 그 유쾌함에 합류하고 싶었다.

23

2차로 오두막에 가자는 문돌의 제안은 깔끔하게 거절됐다. 그들은 국수보다는 꼬치가 더 당긴다고 했다. 문돌은 별다른 불만 없이 그 말에 동의했다.

사내 일곱 명이 고깃집 근처에 있는 꼬칫집으로 이동했다. 이날따라 거리도 사람으로 붐비지 않고 한적했다.

"이야, 확실히 너네랑 마시면 술이 잘 들어간다니까."

지혁이 말했다.

"나도. 얼마 전에 혼자서 두 병 마시고 완전히 취했는데, 오늘은 또 괜찮네."

문돌이 답했다.

그들은 스스로 술에 취했다고 생각하지 않았다. 혀가 꼬였다고도 생각하지 않았다. 그러나 물과 음료수만 마신 종우가 보기에 이들은 이미 만취 상태였다. 그들은 비틀거리지는 않았지만 펄쩍거리고 있었다. 펄쩍!

꼬칫집에 도착한 그들은 안주와 술을 시킨 다음 다시 담배를 피우러 나갔다. 종우는 술은 마시지 않았지만 담배는 즐겨 피웠다. 친구들이 담배를 피우러 나간 사이, 문돌은 자신의 고민을 잘 전달하기 위해 이야기를 어떤 순서로 꺼내야 할지 고민했다. 잠시 후 친구들이 가게 안으로 돌아왔다. 밖에서 주식 이야기를 했는지 들어와서도 한동안 주식 이야기를 했다. 문돌은 주문한 꼬치와 우동이 나오자 기회를 잡은 듯 주제를 바꾸었다.

"아, 맞다. 그런데 있잖아."

그가 말을 꺼내자 술잔을 채우던 친구들이 주목했다.

"우리도 예전에 교수님이나 수업에 불만이 많았잖아. 그렇다고 불만을 앞에서 직접 얘기하지도 않았고 말이야."

친구들은 무슨 말을 하고 싶어서 저러는지 지켜봤다.

"혹시 그런 이야기를 하다가 교수님한테 들킨 적이 있나 싶어서."

문돌은 친구들의 눈빛을 살폈다. 그러고는 잔을 들며 말했다.

"일단 한 잔 하자."

술잔을 비운 그들은 서로를 바라보았고, 고개를 갸웃하며 그런 적이 없었음을 간접적으로 드러냈다.

"네 수업 욕하는 걸 들은 거야?"

종우가 물었다.

"그런 셈이지."

"더 열심히 수업 준비해야지 뭐."

종우는 현종에게 동의를 구하듯 말했다.

"우리한테 하는 것처럼 수업하면 학생들이 안 좋아할걸?"

그러고는 자기 잔에 술을 따랐다. 지금이라면 술을 마셔도 친구들의 속도에 맞출 수 있기 때문이었다.

현종이 고개를 끄덕이며 종우의 말에 동의했다. 그때 지혁이 예리하게 문돌을 향해 물었다.

"그 학생을 이겨 먹고 싶은 생각이 든 건 아니지?"

문돌은 지혁의 말을 몇 초간 곱씹어 보았다.

"설마 그런 얼간이 같은 짓을 하겠어?"

현종이 거들었다.

"결국엔 네 말만 정답이라는 거잖아."

"내 말이 정답이라기보다는 반박되기 전까지는 지지할 만한 주장이라는 거지."

문돌이 답했다. 그러자 이번엔 지혁이 말했다.

"야, 솔직히 우리도 네 말에 완전히 반박 못 하는데, 애들이 그게 되겠냐?"

"그렇다고 아닌 걸 맞다고 할 수는 없잖아."

"내 말은 주장을 바꾸라는 게 아니야. 마음가짐의 문제 아닐까?"

"마음가짐?"

"어렸을 때, 학교에 그런 선생이 있었거든. 틀려도 괜찮으니까 수업 시간에 열심히 대답하라고. 그런데 틀린 답을 몇 번 말하니까 때리더라. 내 딴엔 용기를 낸 건데 말이야. 이러나저러나 자기가 원하는 그림 안에 욱여넣으려는 거지."

"내가 그렇진 않을 텐데······."

이야기를 잠자코 듣고 있던 종우가 끼어들었다.

"네가 잘하는 거 있잖아. 틀렸을 때 인정하는 거. 그거 정말 좋은 자세라고 생각해. 너도 잘못을 인정할 수 있다는 점에서 자부심을 느낄 거 같고. 그런데 말이야. 결과적으로 어떤 생각이 틀렸다고 밝혀졌을 때, 뒤늦게 잘못을 인정하는 게 과연 최선일까? 그사이에 발생할 수 있는 문제는 어떻게 생각해야 할까."

"그사이에 발생할 수 있는 문제? 그러니까 내 주장을 지키기 위해 다른 사람의 주장을 공격했을 때 어떠한 문제가 생길 수 있다는 거지?"

"맞아. 나중에 네가 틀렸다는 걸 인정해도 그땐 이미 늦은 거지. 다 때려 놓고 '미안! 네가 아니었구나?' 하면 문제가 없겠냐고."

"내가 예측하지 못하는 가능성이 있다는 말이지?"

"그렇지. 나만 봐도 그래. 그런 식으로 해서는 절대 취업하지 못한다고 했던 게 너 아니야?"

"현종이도 같이."

"아무튼! 내가 이런 식으로 취업할 줄 누가 알았겠어."

"솔직히 나는 몰랐지. 그때 일은 미안하게 생각해."

"그러니까 말이야."

종우가 잔에 담긴 술을 마셨다. 그러자 이번에는 지혁이 말했다.

"맞아. 그런 게 있는 거 같아. 내가 뭐 교수가 되어 보진 않았지만, 대학이라는 곳이 학문적 지식만 알려 주는 곳은 아니잖아?"

"흠……."

"학생들한테 배울 점도 있을 거고. 이게 표현이 안 되어서 그렇지, 우리가 보지 못하는 걸 보고 있을 수도 있잖아."

지혁이 친구들의 술잔에 술을 따르며 덧붙였다.

"수업 듣는 사람들이 어떻든 시너지가 중요하지 않겠어?"

문돌은 술을 받으며 얼마간 침묵을 유지했다. 몇몇 친구가 한마디씩 말을 더 거들었고, 문돌은 잠자코 이야기를 듣고 있었다.

그때 현종이 과격하지만 명랑하게 물었다.

"야! 이거 이거 가만히 보니까 밖에서 얼간이 짓 하고 다니다가 된통 당한 것 같은데?"

그 말에 문돌이 쾌활하게 웃었다.

"이거 마시고 담배나 피우러 가자."

이제는 그 이야기를 굳이 꺼낼 필요가 없다는 듯 문돌은 대답 대신 잔을 들었다.

"오, 뭐야. 담배를 다 달라고 하네."

지혁이 술잔을 비운 뒤 말했다.

"아! 구경만 할 건데?"

문돌이 자리에서 일어나며 말했다.

"저거 또 저러네."

지혁은 고개를 갸웃거리며 자리에서 일어났고, 다른 친구들은 키득키득 웃었다.

그들은 가게 밖으로 나가 다 같이 담배를 태웠다. 담배 피우는 걸 구경만 할 거라던 문돌은 은근슬쩍 한 개비를 얻어 피웠다.

자리로 돌아와서는 대화 주제가 또 한 번 바뀌었다. 그리고 그다음 주제는 언제나 새로운 이야기의 시작으로 마무리되었다. 종우의 직장 상사 이야기, 이직 준비를 하는 현

펭귄은 날지 않는다 203

종의 이야기, 놀랍도록 뛰어나다는 지혁의 회사 후배 이야기 등 그들의 이야기는 계속해서 꼬리를 물고 다음 이야기로 이어졌다. 이야기는 새벽 두 시가 넘도록 계속되었고, 매장 종업원이 마감 시간이 되었음을 알린 후에야 비로소 끝났다.

종우와 나머지 세 친구는 숙소에 가서 캔 맥주를 한 잔 더 마실 계획이라고 했다. 지혁과 현종은 오랜만에 고향에 왔기 때문에 본가로 들어갈 터였다. 문돌은 더는 술을 마시지 못할 것 같았다. 다들 그렇게 인사하고 다음을 기약하며 헤어졌다.

문돌은 마치 알람을 들은 듯 잠에서 깼다. 택시 안이었다.
"여……. 이다음 횡단보도 앞에서 세워 주시면 되……돼요."

그는 여전히 비틀거렸다. 횡단보도를 건너고, 불이 꺼진 카페 빨간벽돌을 지나 집을 향해 계속 걸었다. 게걸음처럼.

'또 현민을 만나는 건 아니겠지?'

그는 이 모습으로 학생들을 마주치고 싶지 않았다. 다행히 눈에 띄지 않게 집에 도착했다. 반쯤 정신이 나간 채로 양치질을 하고는 침대에 누웠다. 휴대폰을 볼 정신도 없고, 이불을 가지런히 덮을 상태도 아니었다. 그냥 되는 대로 침대에 몸을 맡겼다. 잠들기 전 머릿속에 몇몇 질문이 빠르게 스쳐 지나갔다.

'누군가 나를 뛰어넘고자 하는 것을 받아들이지 못하는 건가?'

'그럴 때 나는 어떻게 해야 할까…….'

'어떻게 해 볼까…….'

비몽사몽인 상태에서 이런 식의 고민은 간혹 번뜩이는 영감을 주기도 하지만 대체로 반복되는 질문을 던지는 것으로 끝이 난다. 그는 답을 내리는 대신 대여섯 개의 질문을 자신에게 계속 던지다가 잠이 들었다. 잠들기 직전, 스스로 뿌듯해할 정도의 만족스러운 결론에 도달했다. 좀 더 정확히 말하자면 결론을 내렸다고 느끼며 잠들었다.

다음 날 문돌은 샤워하면서 전날 있었던 일을 의식적으로 떠올려 보았다. 하지만 도무지 기억나지 않았다.

"앞으로 어떻게 해야겠다고 결심한 거 같은데."

하지만 더 깊이 고민하고 떠올려 볼 수는 없었다. 숙취가 괴롭히기 시작했기 때문이다.

"하!"

퍼스트 펭귄

24

 며칠이 지났다. 문돌은 웬 담배 한 갑이 주머니에 있는 것을 뒤늦게 발견했다. 아마도 지혁의 것이리라. 그는 세탁기를 돌린 뒤 자취방 근처에서 담배를 몇 대 피웠다.
 "생각보다 시간이 오래 걸리네."
 그는 혼자 투덜거리며 담배꽁초를 버리고 방으로 돌아갔다. 세탁기 돌아가는 소리만 들릴 뿐 방은 고요했다. 문돌은 의자에 앉아 책상 위에 놓인 중간고사 과제를 다시 채점했다. 그는 두 가지 문제를 과제로 냈다.

 1) 최근에 타인이 내게 했던 농담 중 재미있었던 농담을 유머와 위트 개념으로 분석해 서술하시오.
 2) 최근에 내가 타인에게 농담했을 때 타인의 반응이 내 예상과 달랐던 사례를 서술하시오.

 현민의 과제를 채점할 차례였다.
 "얼마나 대단한지 한번 볼까?"
 물론 어느 정도는 반어법이었다. 그는 묘하게 두근거리는 가슴을 억누른 채 글을 읽기 시작했다.
 "어라?"
 현민은 첫 번째 문제에 대한 답으로 문돌과의 대화를 서술했다.

내가 최근에 들었던 농담 중 가장 인상 깊은 농담은 다음과 같다.

1) 제가 지금 술을 한잔해서 혀가 조금 꼬였나 봐요.
2) 어제 질문이 날카로웠어요. 사실 정말 중요한 문제였죠.

먼저 위의 말을 들었을 때 내가 농담으로 이해한 맥락은 다음과 같다. 위의 말을 했던 농담-화자는 〈농담과 대화 연구〉 수업의 담당 교수님이다. 교수님이 저 말을 했을 때 나는 〈농담과 대화 연구〉 수업의 중간고사 과제를 하기 위해 고민하던 중이었다. 머리를 식힐 겸 밖에서 산책하다가 담배를 한 대 피우고 있었는데, 우연히 그 자리를 지나가는 교수님과 마주쳤다. 교수님은 회식이 있었는지 어디서 술을 한잔하신 것 같았다. 나는 피우던 담배를 뒤로 가리고 교수님에게 인사를 했다.

교수님 역시 인사를 받아 주셨는데 이때 다음과 같은 말을 덧붙였다. "제가 지금 술을 한잔해서 혀가 조금 꼬였나 봐요." 내가 보기에 그 상황에서 이 말은 명백한 농담이었다. 학교에서 교수와 학생이 지나가다가 마주쳐 인사하는 것은 아주 자연스러운 상황이다. 그러나 교수가 술에 취한 상태로 제자와 마주치는 것은 드문 상황인 것처럼 보인다. 이런 상황에서 교수님은 흐트러진 자신의 모습을 인정하는 한편 그 민망함을 농담으로 위트 있게 풀어내셨다.

 아무 말도 하지 않았는데 교수님이 먼저 그런 말을 꺼냈다는 것은 교수님이 이미 내가 교수님을 취한 사람으로 보고 있다는 사실을 간파했다는 것이다. 또한 그것을 자신도 인정한다는 것을 의미한다. 한편 상대적으로 권위 있는 농담-화자가 학생에게 지금 자신이 취했다는 사실을 먼저 인정하며 고백하는 순간적인 판단력은 분명 그 말의 위트라고 볼 수 있다. 실제로 그 당시 나는 교수님이 취했다는 사실을 갑자기 고백할 때, 내가 예상했던 말과 달라 놀랐고 신기하기까지 했다.

 이 상황이 놀랍고 신기하기만 했던 건 아니다. 하필 이 과제를 고민하고 있을 때 과제를 낸 당사자를 만난 것과 그 당사자가 취해 있었다는 사실이 그 자체로 재미있었다. 이는 농담과 별개로 내가 그 상황에서 발견한 유머적 요소라고 볼 수 있다.

 다음으로 "어제 질문이 날카로웠어요. 사실 정말 중요한 문제였죠"라는 말의 맥락은 이랬다. 교수님은 짧은 인사를 나누고 자리를 떠나기 전에 내게 전날 있었던 수업에서 했던 질문이 날카로웠다고 말했다. 내가 질문했던 것은 관습화된 농담 표현도 있지 않느냐는 것이었다. 그런데 여기서 질문이 날카로웠다는 교수님의 격려가 농담일 것이라고 생각하는 이유는 그 질문이 내가 생각했을 때 그다지 날카롭지 않았기 때문이다. 그 질문은 질문과 동시에 반박당했고 나는 그 반박을 다시 반박하고 싶었다. 하지만 어떻게 반박해야 할지 갈피를 잡지 못했다.

실제로 나는 수업이 끝나고 한동안 분을 삭이지 못했다. 어쩌면 교수님은 그 모습을 보고 들었을지도 모른다. 만약 교수님이 그러한 상황을 인지한 상황이라면 교수님의 그 말은 농담일 가능성이 높다. 자신의 강의를 들은 학생이 자기 수업을 비판하는 것을 직접 듣는다면 아무래도 다음 수업의 분위기에 영향을 끼칠 수밖에 없을 것이다. 그리고 그 영향의 방향은 분명 유쾌하지만은 않을 것이다. 교수님에게는 그러한 상황을 예방하고자 하는 마음이 있었을 것이다.

따라서 공식적으로는 대립되는 상황에서 이를 완화하고자 비공식적인 의도로 나를 칭찬한 것은 명백한 사실로 보인다. 다행히도 그 의도는 앞에서 언급한 모습과 연결되어 조롱이 아닌 농담으로 읽힐 수 있었다.

여기서 발견할 수 있는 유머는 칭찬에 인색해 보이는 사

> 람이(저의 선입견이었습니다) 칭찬하는 표현을 썼다는 것에서 오는 부조화다. 또한 위트는 내가 표출했던 비판적인 말을 인지하고 있다는 사실을 재치 있게 돌려 표현했다는 것에서 찾을 수 있다.

문돌은 현민의 과제를 읽고는 자연스럽게 입을 벌려 한참을 '오-'라고 반응했다.

"요놈 봐라?"

일부 가독성이 떨어지는 문장이 있기는 했지만, 분명 현민은 문돌의 말투를 흉내 내고 있었다.

"말투를 따라 하면 생각도 비슷해지는 법이니까."

그는 고개를 끄덕이며 방금 읽은 글을 두어 번 더 읽었다. 그는 현민의 담대함에 놀랐고 분석력에 한 번 더 놀랐다.

"돌이켜보니 농담이었던 것 같기도 하네."

문돌은 그때 했던 말과 상황을 다시금 떠올려 보았다. 당시에는 술에 취해 그런 말을 했다는 사실이 민망하기만 했다. 그러나 현민의 글을 읽고 나니 "제가 지금 술을 한잔해서 혀가 조금 꼬였나 봐요"라는 말은 확실히 농담이었던 것 같다. 그는 이 말을 하기에 앞서 "어제 질문 좋았어요"라는 말을 먼저 꺼냈다. 왜냐하면 현민에 대한 자신의 판단이 틀릴 수도 있다는 생각이 은근히 들었기 때문이다. 그런데 막상 자신이 그런 고민을 하고 있다는 것을 현민은 모를 터였다. 문돌은 뜬금없이 저런 말을 한 것이 적잖게 민망했고 이를 유야무야 넘기기 위해 농담을 한 것이었다.

그는 채점하면서 현민의 논리를 인정하지 않을 수 없었다.

"이거 진짜 현민이 맞아?"

문돌은 두 번째 문제에 대한 답도 마저 읽은 뒤 점수를 줬다. 머리가 지끈거렸다. 생각보다 참신하고 성실하게 쓴 글을 대가 없이 읽기란 쉽지 않은 법이다. 그는 기지개를 켜기 위해 자리에서 일어났다. 세탁기를 보니 아직 30분 넘게 남았다.

"담배나 한 대 더 피우고 마저 채점해야겠다. 논문 쓸 때보다 더 많이 피우는 거 같은데."

그는 두 개비를 연달아 피운 뒤 다시 올라왔다.

"그때 옆에 있던 녀석 이름이……."

문돌은 30분 전과 마찬가지로 곧바로 의자에 앉았다. 이번에는 누군가의 과제를 찾았다.

"맞아, 동빈이었지."

25

"기대했던 것보다는 별로네."

문돌은 약간의 실망감을 안은 채 종이를 넘겼다.

"이 친구한테 기대했던 건 이런 글이 아니었는데 말이야."

의자 등받이에 딱 붙어 있던 등이 어느새 기울어져 약간의 틈을 만들었다. 그의 집중력은 딱 그 틈만큼 흐트러졌다. 하지만 관성에 따라 두 번째 문제에 대한 답을 읽어 내려갔다. 그러다가 한 문장이 눈에 들어왔다. 그는 그 문장을 두어 번 반복해서 읽었다. 그런 다음 자세를 고쳐 앉아 처음부터 다시 글을 읽었다.

최근에 단편 소설 공모전에 투고할 글을 친구에게 보여 준 적이 있습니다. 친구는 "너는 국어국문학을 전공하면서 맞춤법을 왜 이렇게 많이 틀리느냐?"라고 따졌습니다. 그 말에 "막상 〈농담과 대화 연구〉 교수님도 농담은 잘 못할걸?"이라고 응수했습니다. 응수지만 농담을 한 것이지요. (교수님 분명 농담으로 했습니다.) 제가 이러한 농담을 한 이유는 전공자라고 해서 반드시 그 분야에 능숙한 것은 아니라는 사실을 말하기 위해서였습니다. 즉, 저를 변호하기 위해 권위 있는 사람을 저와 동등한 위치로 끌

어 내린 것이죠. 이 농담의 유머적 요소와 위트는 바로 이러한 점에 있는 것이 아닐까 싶습니다.

그러나 친구는 웃지 않았습니다. 왜냐하면 친구는 〈농담과 대화 연구〉 수업을 듣지 않았기 때문에 그 수업이 무엇인지 알지 못했고, 제가 말하는 교수님이 어떤 특징을 가진 사람인지도 전혀 알지 못했기 때문입니다.

게다가 저는 그 친구가 맞춤법에 상당히 민감한 것을 알고 있었습니다. 그래서 줄거리를 봐 달라고 하면서도 은근히 맞춤법을 교정해 주길 기대하고 있었던 것이죠. 불행히도 친구는 저의 의도를 간파했던 것 같습니다. 의도를 숨기고 웃으면서 어물쩍 넘어가려는 저의 태도를 봐줄 생각이 없어 보였거든요.

이러한 이유로 "야, 막상 〈농담과 대화 연구〉 교수님도 농담은 잘 못할걸?"이라는 농담은 제 예상과는 다른 반응을 끌어 내게 되었습니다. 그런데 만약 교수님이 여기까지 글을 읽으셨다면 이제는 말할 수 있을 것 같습니다.

지금까지 읽으신 이 글 자체가 하나의 농담이라고요.

저는 친구에게 그런 농담을 한 적이 없습니다. 사실 이 말은 제가 교수님에게 던지고 싶은 질문이자 농담이기 때문이죠. 바꿔 말하면, 저는 과제를 통해 교수님에게 농담을 하고 있으며 이것이 바로 농담이자 과제가 되는 것이지요.

물론 이러한 접근에 한 가지 우려되는 점은 있습니다. 농담은 말로 하는 것이기 때문에 이처럼 글로 적은 것을 농담으로 볼 수 있느냐 하는 의문이 제기될 수 있기 때문입니다. 같은 주제와 같은 줄거리를 다룬 작품이라 하더라도 소설로 표현된 것과 영화로 표현된 것은 엄연히 다를 것입니다. 마찬가지로 농담을 글로 쓴 것과 실제 말로 농담하는 것은 엄연히 다른 특성을 가질 것입니다. 하지만 이번 과제는 이러나 저러나 과제를 제출하기 위해 제가 사용했거나 들었던 농담을 글로 옮겨야만 합니다. (그리고 이것은 불가피한 일인 것 같습니다.)

어차피 농담을 글로 옮겨야 한다면, 제가 할 농담을 글로 옮겨서 전달하는 것도 가능한 일이지 않을까 그런 생각이 들었습니다.

이 글 자체가 농담이 아니라는 점은 인정하고 있습니다. 어떻게 봐도 글이기 때문이죠. 그러나 바로 이 지점에서 저는 타인의 반응이 제 예상과 달랐던 점에 대해 말할 수 있을 것 같습니다.

과제에 대한 이런 식의 접근은 분명 참신하고 위트 있고 유머적 요소가 있는 것 같습니다. 따라서 이것은 충분히 A+를 받을 수 있는 내용이라고 예상합니다. 그러나 이 과제의 점수는 예상과 다르게 A+를 받지 못할 것입니다. 왜냐하면 이 과제는 아마도 채점 기준과 맞지 않을 것이기 때문이죠.

 실제로 과제에서는 예상과 달랐던 점을 쓰라고 했지만, 이 글에서 저는 예상과 다를 것이라는 추측을 썼습니다. 이는 분명 과제에서 요구하는 것과 다른 내용을 쓴 것으로 볼 수 있습니다. 하지만 이러한 접근의 참신함이 여전히 나머지 감점 요인을 만회할 수 있을 것이라 기대해 봅니다.

 교수님은 농담을 잘하시나요?

 문돌은 왼손으로 턱을 괸 채 글을 끝까지 읽었다.
 "아주 소설을 썼구나. 썼는데……."
 동빈은 아직 수업에서 다루지 않은 부분까지 혼자 고민하고 있었다. 동빈의 말대로 농담은 말로 해야 하는 것이지 글로 쓰는 것이 아니다.
 "제법인걸."
 물론 '문돌이 실제로는 농담을 잘 못하고 재미없을 것'이라는 농담을 제출한 학생은 몇몇 더 있었다. 다만 그들 중 누구도 문돌에게 농담을 해 보려고 시도한 사람은 없었다. 확실히 동빈은 대범한 면이 있었다.
 "그래도 기준은 기준이니까."
 그는 먼저 세워 둔 기준에 따라 동빈의 과제에 점수를 줬다. 모르긴 몰라도 A+는 아니었으리라.

점수를 높게 줄 수는 없었다. 그러나 동빈의 과제는 문돌에게 어떤 울림을 주었다. 그는 학생들의 불만이 언제나 단순한 불만에 그치는 것은 아니라는 사실을 확인했다.

 동빈은 근본적으로 모순이 있는 과제에 도전함으로써 이를 극복했다.

 현민 역시 마찬가지였다.

 현민은 불만을 품었다는 사실을 인정함으로써 이를 극복했다.

 중요한 것은 그들이 불만을 어떤 관점에서 포착해 냈느냐 하는 것이었다.

 불만을 삶의 원동력으로 전환하는 능력이 어린 학생들에게는 없을 것이라는 편견이 은연중에 그를 사로잡고 있었다. 하나를 보기 위해 다른 하나를 외면한 것은 다름 아닌 문돌이었다.

 '대범한 것을 좋아하지만, 나에게 대범한 것은 인정하지 못했던 건가.'

 어느새 문돌의 등이 의자의 등받이에서 떨어져 있었다. 그는 얼마간 생각에 잠겼다.

 문돌은 한동안 자신을 사로잡았던 고민의 답을 어렴풋이 내릴 수 있었다.

 '내겐 더 이상 보이지 않는 세계가 그들의 눈에는 이제 막 반짝이기 시작했구나. 이런 걸 보면 어린 친구에게서

도 배울 점이 있다는 말은 전혀 과장된 게 아닌 것 같네.'

문돌은 배움의 방향이 위로만 향하는 것이 아니라 어쩌면 아래로도 향할 수 있다는 것을 몸소 느꼈다. 그를 사로잡던 문제가 갑자기 정리되는 것 같았다. 그러자 그동안 보이지 않던 것들이 보이기 시작했다. 그는 엉망진창 속에서 유지되는 균형을 발견했다.

문돌은 학생들에 대해 제대로 아는 것이 아무것도 없다는 사실을 깨달았다. 수업을 통해, 짧은 마주침을 통해 알게 된 것은 극히 일부라는 것도 받아들였다.

그는 수업의 만족도를 높이기 위해, 학생들의 성취도를 높이기 위해 잘 정돈되고 효율적인 강의를 하려고 노력했다. 그러기 위해서는 한 학기를 함께할 학생들에 대한 이해가 어느 정도 필요했다. 하지만 짧은 기간에 그들의 특징을 모두 파악하기란 불가능에 가까웠다. 그래서 수업 목표라는 이름 아래 수업 분위기와 방향을 정했고, 무의식적으로 선호하는 방향과 태도를 고수했다. 학생들의 특징은 그러한 방향과 태도에 비추어 파악되었다.

"그건 관심이 아니었어."

그가 중얼거렸다.

문돌은 모두에게 힘이 있다는 것을 체감했다. 각각의 힘이 모여 균형을 이루고 있었다. 그렇게 형성된 균형은 정적인 듯 보이지만 그 자체로 매우 동적이며 잠재력을 가지고 있었다.

"이제 내가 해야 할 일은 뭐지?"

세탁기에서 빨래가 다 되었음을 알리는 소리가 들려 왔다.

26

몇몇 두드러지는 특징을 제외하면, 문돌은 삶의 각 시기를 거치면서 가치관이나 행동 등 많은 면에서 변했다. 적어도 그렇게 믿었다. 그는 중간고사를 기점으로 전혀 다른 사람이 되었다. 그러나 이야기의 마지막은 언제나 새로운 이야기의 출발점이 되기 마련이다. 어느덧 문돌의 첫 학기는 종강으로 가는 최종 관문인 기말고사를 향해 가고 있었다. 이는 분명 마지막이자 시작이었다.

6월에 접어들기 한 주 전쯤 문돌은 카페 빨간벽돌에서 기말고사를 어떻게 출제할지 고민하고 있었다. 하지만 쉽게 떠오르지 않았다. 카페에 온 지도 벌써 두 시간이 지났다. 집중력이 크게 흐트러졌고, 이곳에서 더 고민한다고 창의적이고 호기심을 자극할 만한 문제가 나올 것 같지도 않았다. 시계를 보니 오후 3시가 막 지나던 참이었다. 그는 기지개를 크게 편 뒤 휴대폰을 들어 누군가에게 메시지를 남겼다.

'누나, 잘 지내시죠? 다음 주에 시간 되면 같이 점심 먹을래요?'

서른 살이 된 문돌이 누나라고 부를 수 있는 사람은 그렇게 많지 않다. 고등학생 때 좋아했던 그 누나도 더 이상 연락할 방법이 없어 누나라고 부를 일이 없었다. 20대 초반, 그가 누나라고 부르며 빠르게 친밀감을 쌓았던 인연은 그 속도만큼 빠르게 인연이 끊겼다.

물론 20대 중·후반에 알게 된 사람 중 그보다 나이가 많은 사람이 없진 않았다. 하지만 어느 순간부터 지키게 된 상호 존칭의 원칙 아래에 그가 누나라고 부를 만한 사람은 거의 없었다.

그렇다면 그가 누나라고 부를 수 있는 몇 안 되는 인물 중 하나인 주유현은 어떤 인물인가. 유현은 올해 서른여섯 살로 문돌보다 여섯 살 많으며, 규모가 그렇게 크진 않지만 자신의 이름을 건 미술학원을 7년째 안정적으로 운영하고 있다. 그녀는 서른 살이 되던 해, 규모가 제법 큰 입시 미술학원을 퇴사하고 학원을 개원하면서 독립했다.

취미로 그림을 배우고 싶어 하는 사람들을 대상으로 하는 학원이었기 때문에 주로 대학생이나 직장인이 많이 등록했다. 이 학원의 특이한 점 중 하나는 '동물' 그리기를 전문적으로 가르친다는 것이었다. 그래서 반려동물을 기르는 사람이 특히 많이 등록했다.

문돌이 대학원생으로서 첫 학기를 보내고 연구 주제를 고민하고 있을 때였다. 농담과 관련된 주제로 석사학위 논문을 쓸 계획이었지만, 주제를 어떤 식으로 발전시킬지에 대한 세부 계획은 없는 상태였다. 그러다가 우연히 SNS를 통해 유현의 학원 홍보 글을 보게 되었다. 그때 그는 한 가지 생각이 번쩍 떠올랐다.

'농담을 그림으로 표현할 수 있을까?'

원래 그림 그리기를 좋아했던 문돌은 어떤 농담을 그림으로 표현할 수 있을지 고민해 보았다. 얼마간의 고민 끝에 머릿속에 하나의 문장이 빠르게 스쳐 지나갔다.

'펭귄은 날지 않는다!'

그는 학부생 때 진지한 태도로 임했던 말하기 시험에서 심사 위원들에게 '펭귄은 날지 않는다!'라고 말했던 경험을 다른 친구들에게 종종 농담 소재로 활용했던 기억이 떠올랐다. 그리고 홍보물에 적힌 '반려동물 그리기 과정'이라는 문구가 그를 더 의욕적으로 만들었다.

"펭귄은 날지 않는다!"

그는 방학을 이용해 취미 생활도 즐기고 연구 주제도 발전시킬 생각으로 유현의 학원에 등록했다. 여러 과정 중 '반려동물 그리기 과정'에 등록했다.

수업 첫날, 유현은 문돌에게 "반려동물 그리기 과정에 신청하셨죠?"라고 물었고, 문돌은 "네, 펭귄을 그리려고요"라고 답했다.

"네? 펭귄이요?"

"네, 펭귄이요."

"펭귄을 기르시는 거예요?"

"아! 아니요. 그런 건 아니고, 펭귄을 그려 보고 싶은데 펭귄을 그려도 되나요?"

"물론이죠. 되긴 되는데, 여기서 펭귄을 그리려는 분은 처음이라 신기하네요."

그들의 연은 이렇게 시작되었다.

문돌은 여름 방학 동안만 학원에 다녔다. 그리고 학원을 그만둘 즈음 유현에게 펭귄을 그리려는 취지와 의도를 설명해 주었다. 그런 다음 여기서 그린 그림을 활용해 논문을 써 볼 계획이라고 말했다. 그녀는 졸업식 때 축하해 줄 테니 편하게 연락하라며 그를 격려했다. 문돌은 졸업식을 기점으로 그녀와 종종 연락을 주고받았다.

언제부터 그녀가 문돌에게 말을 놓았는지는 불분명하다. 다만, 특정 사건을 기점으로 그녀가 점점 더 말을 편하게 했던 것은 분명하다.

하루는 유현의 미술학원 근처에서 커피를 마시며 이런

얘기를 나눈 적이 있다. 시기적으로 문돌이 대학교 동기와 계 모임으로 문제가 생겼을 때였다.

"선생님도 친구들하고 계 모임을 하세요?"

"나? 예전에는 있었는데 요즘엔 거의 사라졌지. 그건 왜요?"

"대학교 친구들끼리 3년째 계 모임을 하고 있는데 크게 한 번 싸웠거든요."

"무슨 일 있었어요?"

그는 유현에게 계 모임을 어떻게 만들고 싸우게 되었는지 설명해 주었다. 유현은 문돌의 이야기를 전부 듣고 말했다.

"그럴 수 있지 뭐. 친구들이랑 같이 뭘 하면 별의별 일로 다 싸우거든요. 그래서 그걸로 고민하고 있었어요? 앞으로 어떻게 해야 할지?"

"그 문제에 대해 저는 틀리지 않았다고 생각하고, 이 친구들하고는 계속 같이 지내고 싶고……."

"어쩌긴 뭘 어째."

유현이 무표정하게 말했다.

"모든 걸 다 해결하며 살려고 하지 마요. 세상이 얼마나 문제가 많은데."

"그래도 눈앞에 문제가 보이는데 그냥 두는 것도 이상하지 않아요?"

"그런 거 하나하나 해결하려고 하다가 내가 해결 못하는 일을 마주하면 어떻게 하려고."

"이건 제 힘으로 해결하지 못하는 일일까요?"

"그건 모르지. 내 말은 문돌 씨가 해결해 보려고 노력했으니까 그 이상으로 너무 신경 쓰면서 고민하진 말라는 거야. 내가 볼 때 문돌 씨가 막 화내면서 그랬을 거 같지도 않은데?"

"아! 근데 제가 선생님한테는 안 그래도 친구들한테는 되게 까칠하게 말할 때가 있거든요. 막 따지고 들고."

"그래요? 뭐 그래 봤자지. 나도 그래요."

"막, 신경질적일 때도 있거든요. 말싸움으로 이기려 들고."

"나한텐 안 그러잖아."

"그렇긴 한데……."

"그런데 이 이야기를 왜 한 거지?"

"평소에 저를 좋게 봐 주시니까 아까 제 고민을 너무 저한테만 유리하게 말한 것 같아서요. 제 말 그대로가 아닐 수도 있잖아요."

"아닐 수도 있죠. 그런데 그걸 왜 문돌 씨가 고민하는 거야?"

그녀는 고개를 갸웃하며 덧붙였다.

"그건 내가 신경 써야 하는 거지. 문돌 씨 친구들을 볼 일도 없을 건데."

"혹시라도 나중에 제가 잘못 기억한 거라서 제가 한 말이 거짓이면 어떡하죠."

 문돌이 이 말을 꺼내자 줄곧 유쾌한 분위기를 유지하던 유현의 표정이 살짝 굳었다.

 "야, 이 바보야."

 그녀는 의아하다는 표정으로 문돌에게 말했다.

 "방금 조금 이상했어."

 그녀가 계속해서 말했다.

 "나한테 뭐 속이고 있는 거 있어요?"

 문돌은 고개를 저으며 답했다.

 "속이는 건 없는데······."

 "나의 모든 걸 다른 사람한테 알려 줄 필요는 없어요. 자연스럽게 알게 되는 거지 뭐. 생활 반경이 비슷할수록 많이 알게 될 거고, 적을수록 덜 알게 되는 게 뭐가 문제람."

 그녀는 시럽을 한 바퀴 두른 아이스 카페라테를 한 모금 마신 뒤 한마디 덧붙였다.

 "모든 사람이 내 이야기를 다 들을 필요는 없어요. 모든 사람이 내 이야기를 들을 자격이 있는 것도 아니고!"

 이때 그녀가 문돌에게 해 준 조언은 매우 강력했다. 이날을 계기로 문돌은 이런 종류의 고민이 생기면 종종 유현과 의논하곤 했다. 그는 청소년 시절의 그 '누나'와 학부생 때의 '선배', 그리고 빨간벽돌 독서 모임의 '서은'에게서 느꼈던 감사한 마음을 그녀에게서도 느꼈다.

유현이 문돌에게 말을 놓은 것은 정확한 시기를 말하기 어려울 정도로 매우 자연스러웠지만 그가 그녀에게 '선생님'이라는 호칭 대신 '누나'라고 부르게 된 것은 비교적 최근의 일이었다. 그는 '나는 진작 말을 놓았는데 내가 언제까지 네 선생이냐?'라는 유현의 말에 '졸업하면 누나라고 부르겠다'라고 약속했다. 물론 별걸 다 기한을 잡고 약속한다며 한 소리 듣긴 했지만, 그는 졸업식을 기점으로 그녀에게 선생님 대신 누나라고 부르기 시작했다.

메시지를 남긴 지 30분 정도 흘렀다. 오후 3시 반쯤 되었을 때 문돌의 휴대폰이 울렸다.
유현의 답장이었다.
'점심? 점심에는 시간이 안 될 것 같고, 저녁에 커피 정도는 마실 수 있을 거 같은데.'
문돌의 휴대폰이 한 번 더 울렸다.
'카페 빨간벽돌로 갈까? 수요일 저녁에 무슨 공연을 한다고 하는 것 같더라고. 맨날 가는 카페 아니야?'

27

 6월의 첫째 주 수요일이 밝았다.
 이 시기에 카페 빨간벽돌은 슬슬 시험공부를 하는 학생들로 북적인다. 그 사실을 알고 있는 문돌은 6시가 되기 전에는 카페에 도착해야겠다고 다짐한 뒤 선잠이 들었다.
 "뭐야, 여섯 시 반이잖아!"
 화들짝 놀라며 깬 그의 첫 마디였다. 침대에 엎드려 잔 탓에 입가에는 침이 약간 흘렀다. 그는 손으로 침을 닦아내며 시계를 다시 확인했다.
 '설마 새벽은 아니겠지?'
 비몽사몽인 채로 시계를 한참 바라보았다. 그때 메시지 하나가 도착했다.
 '나 이제 저녁 먹고 출발할 예정. 8시쯤 도착할 거 같아. 미리 가서 좋은 데 자리 잡아 둬.'
 유현의 메시지였다.
 그는 양손 검지로 관자놀이 지그시 눌러 서너 번 문질렀다.
 "으아!"
 나지막한 탄성을 내뱉은 뒤 자리에서 일어나 기지개를 켰다. 그러고는 화장실로 가 몰골을 점검한 뒤 손과 입 주변을 씻었다.

문돌은 7시가 되기 전에 카페 빨간벽돌에 도착했다. 카페 입구에는 8시부터 시작하는 공연의 포스터가 붙어 있었다.

'카페 빨간벽돌과 재즈, 첫 번째 이야기'

"지난주에는 왜 못 봤을까."
문돌이 포스터를 보며 중얼거렸다.
카페에는 손님이 많이 없었다. 아마도 공부하러 왔다가 공연 소식을 듣고 자리를 옮겼을 터였다.
"어?"
그때 누군가 수줍게 문돌을 알아봤다. 최설이었다.
"오? 이 시간에 어쩐 일이세요? 근무 시간이 바뀌었나요?"
"아, 그건 아닌데. 오늘 여기서 공연이 있어서요."
"혹시 직원님도 연주하는 거예요?"
"네."
"정말요? 어떤 곡을 연주하는 거예요? 혹시 'Magic Waltz'?"
"아쉽게도 'Magic Waltz'는 아니고, 'Mr. C.C.'라는 곡이에요. 들어 본 적 있으세요?"
"잘 모르지만 벌써 기대되는데요?"
그가 매장을 둘러보며 말했다.

그때 문돌의 귀로 흥겨운 재즈가 들리기 시작했다. 막연히 카페에서 흘러나오는 곡이라 생각했던 그 소리는 1층에 마련된 작은 무대에서 나오고 있었다.

"리허설 중이었어요."

설이 나긋나긋한 투로 말했다.

"커피 주문하실래요? 콜드브루 레귤러 사이즈?"

"네!"

그는 커피를 주문하고 공연이 잘 보일 것 같은 자리를 찾았다. 늘 앉던 2층 자리는 공연을 관람하기에는 좋은 자리가 아닌 것 같았다. 혹시나 하는 마음으로 2층에 올라갔지만, 역시나 하는 마음으로 다시 내려갔다. 계단을 거의 다 내려왔을 때 누군가가 그를 불렀다.

"교수님! 안녕하세요. 큼, 저 교수님 수업 듣는 권동빈이라고……."

"아, 알죠! 동빈 학생. 동빈 학생도 연주 들으러 왔어요?"

"아니요. 재즈는 별로 제 취향이 아니라, 크흠. 공모전 준비하는 게 있어서 2층에서 글을 쓰려고요."

"네, 파이팅이에요. 농담 아닙니다."

그때 1층 카운터에서 음료가 준비되었다는 소리가 들려왔다.

"커피가 나왔나 봐요. 먼저 가 볼게요."

문돌은 동빈에게 가볍게 미소를 지은 뒤 커피를 받으러 갔다.

"네, 안녕히 가세요."

동빈은 친근하지만 정중하게 인사한 뒤 2층으로 올라갔다. 문돌은 무대에서 그렇게 멀지도 가깝지도 않은 곳에 자리를 잡은 다음 종이와 필기구를 꺼냈다. 시간을 확인하니 7시가 조금 넘은 시점이었다.

'한 시간이나 남았으니……. 그림이나 그릴까.'

그는 이내 무언가 결심했다는 듯 종이를 정리해 다시 가방 안에 넣고, 그 대신 크로키북 하나를 꺼냈다. 크기도 적당하면서 무게도 많이 나가지 않는 크로키북이었다. 중요한 일이 있더라도 지금 당장 하지 않아도 될 때 그는 종종 그림을 그리곤 했다. 학창 시절 시험 기간 때 그랬으며, 독일에서 〈출국편〉을 쓰다가도 그랬다. 논문을 쓰는 동안 종종 그림을 그렸던 것도 두말할 필요가 없다.

이 크로키북의 제일 앞 장엔 펭귄이 그려져 있다. 날짜로 보아 석사학위 논문에 활용된 펭귄은 아니었다. 그는 크로키북을 앞쪽에서부터 차례대로 넘겨 보았다.

"이때 정말 열심히 펭귄을 그렸구나. 이게 코미디네, 코미디야."

열 장 가까이 다른 구도와 다른 주제로 그린 펭귄을 보자 헛웃음이 났다. 문돌은 동물 그리는 것을 좋아했다.

펭귄 뒤로 다양한 동물 그림이 나왔다. 강아지, 물개, 참새, 거북이, 너구리, 호랑이, 늑대, 곰, 캥거루 등. 그중에서 특히 눈에 띄는 것은 단연 캥거루였다. 그 그림에는 캥거루 특유의 근육이 아주 섬세하게 묘사되어 있었다. 그러한 묘사력은 다른 그림에서는 발견할 수 없었다.

"이게, 아마도······."

문돌은 캥거루 그림을 보며 하단에 적어 둔 날짜를 확인했다.

"박사학위 논문 심사를 받을 때인 것 같은데······. 맞네, 맞아. 나도 정말 대단하다."

그는 '이 그림 뒤에 뭔가 적어 뒀을 텐데'라며 캥거루가 그려진 종이의 뒷면을 확인했다.

"이 근육을 보라. 캥거루는 쓰러지지 않는다."

뒷면에 적힌 글을 읽은 문돌은 화들짝 놀라 다시 종이를 앞으로 넘겼다. 그는 주변을 돌아보며 누가 이 글을 보지는 않았는지 살폈다. 아무도 자신에게 신경 쓰고 있지 않다는 사실을 확인한 그는 혼자서 낄낄거리며 웃기 시작했다.

"맞지, 맞지. 쓰러지지 않았지! 누가 보면 미친 사람인 줄 알겠네."

그는 혼자서 한동안 웃다가 커피를 한 모금 마신 다음 다시 종이를 넘겼다.

캥거루 그림 다음 장에는 고양이가 한 마리 그려져 있었다. 4월에 그린 그림이었다.

"까칠하지만 사랑받는 고양이⋯⋯."

약간은 담담하게 중얼거렸다.

"이거는 선물로 줘야겠다."

그의 입가에 떠올랐던 미소는 어느새 옅어져 있었다. 문돌은 그림 모델을 제공해 준 친구를 떠올리며 종이를 한 장 더 넘겼다.

여기서부터는 백지였다.

그는 검지와 중지 사이에 볼펜을 하나 끼우고는 손가락으로 빙빙 돌렸다.

'뭘 그려 볼까, 뭘 그려 볼까.'

그렇게 한참을 생각하다가 무언가가 떠올랐는지 볼펜을 '탁!' 하고 탁자 위에 내려놓았다.

"오랜만에 펭귄이나 그려야겠다."

펭귄을 그려야겠다는 생각이 들자 곧바로 펭귄 이미지를 검색했다. 검색으로 찾은 이미지 중 괜찮아 보이는 것은 대부분 그린 적이 있다. 얼마나 스크롤을 내렸을까, 마음에 드는 사진 하나가 눈에 들어왔다. 펭귄과 물범이 함께 있는 사진이었다. 예전에 펭귄을 그리면서 관련된 정보를 약간 찾아봤는데, 이때 얼룩무늬물범이 펭귄의 천적이라는 사실을 알게 되었다. 그전에는 물개와 물범의 차이도 구분하지 못했지만, 이제는 이 물범이 얼룩무늬물범이라는 것 정도는 알 수 있었다.

그는 볼펜을 들어 스케치를 시작했다. 사각사각거리는 소리가 재즈 소리와 조화를 이루었다.

28

먹고 먹히는 관계는 자연 세계에서 일어나는 자연스러운 일이다. 생태계에서 먹이 사슬의 존재는 오히려 같은 환경 내에 있는 여러 생물이 조화를 이루며 살아가게 하고, 더 안정적인 생태 환경을 구축한다. 그러므로 남극에는 도둑갈매기도 얼룩무늬물범도 필요하다.

도둑갈매기는 펭귄과 같은 시기에 둥지를 트고 번식한다. 도둑갈매기는 펭귄 군집 주변을 어슬렁거리며 그들의 둥지에서 알을 훔쳐 먹는다. 새끼 펭귄이 무사히 부화한다고 해서 도둑갈매기의 위협이 끝나는 건 아니다. 그들은 여전히 작고 연약하다.

새끼 펭귄의 위험은 도둑갈매기의 위협으로부터 벗어날

만큼 성장하더라도 끝나지 않는다. 육지와 이어진 앞바다에 얼룩무늬물범이 그들을 기다리고 있기 때문이다. 이들은 군집을 떠나 바다로 향하는 펭귄을 낚아채 그들이 원하는 곳으로 끌고 간다. 적지 않은 수의 새끼 펭귄이 그곳에서 여정을 마무리한다.

얼룩무늬물범은 소화시키거나 휴식을 취하기 위해 종종 뭍으로 올라와 평화롭게 낮잠을 잔다. 그럴 때는 펭귄이나 새끼 물개들도 아무런 걱정 없이 얼룩무늬물범 주변을 걸어 다닌다. 이들은 분명 먹고 먹히는 관계이지만, 같은 곳에서 공존하며 살아가는 관계임에도 틀림없다. 바닷속이었다면 어찌 됐을지 장담할 수 없겠지만 말이다.

새끼 펭귄들이 홀로서기를 시작할 무렵, 벌써 몇 차례 서식지로 되돌아온 턱끈펭귄과 이제 막 처음 바다로 나서는 어린 턱끈펭귄은 누구도 예외 없이 바다로 떠나야 한다. 도둑갈매기의 위협으로부터 잘 견뎌 낸 새끼 펭귄도, 새끼 펭귄을 잘 지킨 부모 펭귄도 모두 새로운 위협이 도사리는 바다로 모험을 떠나야 한다. 육지에서 대부분 시간을 보내는 젠투펭귄 역시 먹이를 구하기 위해 육지에서 나와 바다로 뛰어들어야 한다.

바다로 나가는 펭귄들은 '포식자 포만'이라는 전략을 사용한다. 포식자가 어느 펭귄을 사냥할지 가늠할 수 없도록 많은 수의 펭귄이 무리 지어 한꺼번에 이동하는 전략이다. 이러한 전략은 그들의 생존율을 높인다. 그렇다 하더라도 무리에서 이탈한 일부 펭귄은 여전히 위험에 노출되어 있다. 하지만 펭귄은 그 너머의 미래를 그리기 위해 얼룩무늬물범을 통과해야 한다.

29

"펭귄이 될 것인가."
"물범이 될 것인가."
완성한 그림 앞에서 문돌은 한 손으로 턱을 괴고 다른 손으론 펜을 돌리며 중얼거렸다.
그는 펜촉을 집어넣은 채 펭귄에 동그라미를 여러 번 그었다.
문돌은 적어도 아직은 자신이 '퍼스트 펭귄' 역할을 할 수 있다고 믿었다. 퍼스트 펭귄은 펭귄들이 바다에 들어가기 주저할 때 첫 번째로 바다에 뛰어드는 펭귄을 말한다. 나머지 펭귄들은 퍼스트 펭귄을 뒤따라 바다로 뛰어든다.
"농담에 대해 누가 이런 방식으로 연구해 보겠어."
그는 고개를 끄덕이며 자부심을 느꼈다.
"퍼스트 펭귄에 대해서는 존중과 배움이 필요하지."
문돌은 계속해서 상상의 나래를 펼쳤다.

"퍼스트 펭귄은 언제나 퍼스트 펭귄일까? 바닷속에서의 경험이 그 펭귄의 다음 선택에 어떤 영향을 끼칠까? 아무래도 경험이 쌓일수록 점점 뒤로 가지 않을까? 나만 해도 그래, 지금 가지고 있는 이 열정과 의지가 언제까지 유지될까? 임자를 제대로 만나기 전까지? 그런데 임자를 만나고도 살아남으면 어떻게 되려나. 그러면 자기를 펭귄이 아니라 물범이라고 생각하지 않을까? 언제 뛰어들어도 상관없으니까. 퍼스트 펭귄이 아니라 두 번째, 세 번째로 뛰어드는 것도 아닌. 그런 녀석들을 호시탐탐 노리는……."

문돌은 자신과 주변 사람들을 돌아보았다. 누군가는 도둑갈매기와 같은 삶을, 누군가는 얼룩무늬물범과 같은 삶을 사는 것 같았다. 그런데 물범과 같은 삶을 사는 사람을 떠올릴 때, 그들도 한 때는 펭귄이었을지 모른다는 생각이 들었다.

〈농담과 대화 연구〉를 수강하는 학생들도 떠올려 보았다. 문돌은 그 강의실이 하나의 펭귄 군집일 수도 있겠다는 생각에 웃음이 났다. 그는 커피를 한 모금 마신 뒤 시계를 확인했다. 8시까지 약 10분 정도 남았다. 펭귄 군집과 펭귄 비유를 조금 더 즐길 수 있을 만한 시간이었다. 그는 이 상상을 조금 더 이어 가기로 했다.

"나는 거기서 어떤 역할을 하고 있는 걸까? 퍼스트 펭귄? 생존 방법을 알려 주는 어른 펭귄? 아니면 무리에서 벗어난 펭귄을 호시탐탐 노리는 물범? 일단 학생들을 중심으로 생각해 보자. 이제 막 대학교에 입학한 어린 펭귄도 있을 것이고, 대학교 졸업을 앞둔 청년 펭귄도 있을 것이고, 그들 중에 퍼스트 펭귄도 분명히 있을 것이고. 몇몇 학생도 떠오르네."

문돌은 수업 시간에 질문하고 반박하는 학생들이 일종의 퍼스트 펭귄일 수 있겠다고 생각했다. 그는 그 학생들을 대하는 자신의 태도를 잠시 돌아보았다.

"바다로 들어갈 준비가 안 된 학생들이 바다로 들어가려고 하는 것을 말리는 역할인가?"

아닌 것 같았다. 수업 시간마다 학생들에게 질문거리를 던지거나 반박하고 싶어지는 주장을 했기 때문이다.

"그러면 내가 바로 먼저 바다로 뛰어드는 퍼스트 펭귄 역할인 건가? 바다로 뛰어들고 '너희들도 바다로 들어와' 라고 말하니까. 아니야, 정작 바다에 뛰어들려는 학생에게 반박만 했잖아. 이거는 사실……."

인정하고 싶지 않았지만, 그간의 태도는 그가 펭귄보다는 물범에 가까웠음을 보여 주었다. 그는 의아한 마음과 거부감이 동시에 들었다.

"뭐지? 왜 이런 결론이 났지. 그냥 비유니까 신경 쓰지 말자."

그때 문돌을 부르는 밝고 경쾌한 목소리가 들렸다.

"안녕! 오늘은 또 무슨 일이야. 무슨 고민이 있어서 불렀지?"

유현이었다.

"뭐야? 그림 그렸네! 펭귄?"

문돌이 웃으면서 말했다.

"누나, 뭐 마실래요? 오늘은 제가 살게요."

"내가 사도 되는데."

"이따가 또 이야기 들어 주셔야 하잖아요."

그는 카드를 꺼내며 자리에서 일어났다.

"이제 곧 연주가 시작될 것 같은데 빨리 주문해야겠어요."

유현은 아이스 카페라테를 시켰다. 거기에 시럽도 한 바퀴 둘렀다. 그들은 연주가 시작되기 전까지 간단한 근황을 나눴다.

"그림 실력이 퇴보한 거 같은데?"

유현이 그림을 다시 한번 보더니 툭 던진 말이었다.

"오랜만에 그리려니까 잘 안 그려지는 거 같아요."

"언제 마지막으로 그렸는데?"

"방금이요."

"……."

그녀는 문돌의 시시껄렁한 말에 대답하는 대신 크로키

북을 한 장 넘겨 보았다.
"이럴 줄 알았어."
그녀는 고양이 그림 아래에 적힌 날짜를 보며 말했다.
"여전히 밑에다가 날짜를 적어 두는구나?"
"처음 그림을 그릴 때부터 든 습관이라 날짜를 적지 않으면 완성이 안 된 느낌이더라고요."

문돌이 웃으며 답했다. 그들은 그렇게 얼마간 담소를 나눴다. 이날 행사 진행은 카페 사장이 맡았다. 사장은 예술에 대한 자신의 관심과 예술적 재능이 출중한 직원 덕분에 이런 행사를 기획할 수 있었다며, 가능하다면 앞으로 정기적으로 이런 행사를 진행하고 싶다고 말했다.

"이 근육을 보라. 캥거루는 쓰러지지 않는다."

문돌이 행사에 집중하고 있을 때, 유현이 고양이 그림 왼쪽 면에 적힌 글귀를 발견하곤 소리 내어 읽었다.

"맞아, 넌 그림을 그릴 때 항상 뭔가 이유가 있었지. 예전에 펭귄 그리려고 학원에 왔을 때도 그랬고."

"그렇죠."

그는 약간 민망했는지 굳이 물어보지 않은 것에 설명을 덧붙였다.

"이 캥거루는 제가 학위 논문을 쓸 때……."

"그럼 이거는?"

그녀가 고양이를 가리키며 말했다.

"아! 이거는 설명하면 조금 부끄러운데."

"뭔데, 뭔데?"

"고양이는 까칠한 이미지마저 사람들한테 좋게 받아들여지잖아요. 원래 그렇다면서. 그런데 제가 이번 학기에 강의를 맡았잖아요."

"까칠하게 강의했어?"

"까칠하게 한 건 아니라고 생각하는데, 학생이 느끼기에는 조금 답답한 느낌이 있었나 봐요. 결국엔 제 수업 욕을 하더라고요. 그걸 또 우연히 들었고."

"그래서 고양이를 그렸구나."

그녀가 문돌의 어깨를 손으로 툭 치면서 말했다.

"모두를 만족시킬 순 없어. 내 수업이라고 안 그랬겠어?"

"그렇죠, 뭐. 이제는 조금 괜찮아졌어요."

"그때까지 또 엄청 고민했겠네?"

"살짝?"

"예전에도 이런 얘기 했던 거 같은데. 내가 뭔가를 할 때, 그 대상이 항상 모두일 필요는 없어. 자신감을 가져!"

그녀는 변함없는 문돌의 태도가 재밌는지 슬쩍 흘겨보고는 커피를 한 모금 마셨다. 그러다가 뭔가 떠올랐는지 크로키북을 뒤로 한 장 넘기며 말했다.

"그런데 오늘 새로운 그림을 그렸다는 건, 또 무슨 일 있는 거야?"

문돌은 고개를 저으며 말했다.
"그냥 제가 어떤 사람인지 문득 궁금하더라고요. 별일 아니에요."
유현은 의심스럽다는 듯이 문돌을 쳐다보았다. 문돌은 그런 유현의 시선을 피했다. 유현은 크게 숨을 내쉬고는 빨대로 커피를 한 번 더 휘저었다.
"그래 어쨌든 그게 너의 장점이니깐. 어쩌면 나한테 그런 면이 필요할지도 몰라. 그렇게 고민하는 너를 내가 안다."
유현은 크로키북을 덮어 문돌에게 밀었고, 문돌은 크로키북과 펜을 챙겨 가방에 넣었다. 그러자 마치 기다렸다는 듯이 피아노와 드럼 그리고 베이스 소리가 흘러나오기 시작했다. 유현은 연주가 시작되자 감상에 집중했고 문돌 역시 연주에 집중했다. 그는 왠지 모르게 한결 가벼워진 마음으로 연주를 감상했다. 조금 전의 고민이 아무것도 아닌 듯 여유가 생긴 것도 같았다. 왜 그럴까.
이름 모를 첫 곡이 끝났다. 두 번째 차례는 최설의 피아노 독주였다.
"오! 직원님이다."
문돌은 옆 사람에게 들릴 듯 말듯 작게 중얼거렸다. 그는 뭔가 기분이 더 고양된 것을 느꼈다. 유현도 그것을 느꼈는지 그를 향해 물었다.

"뭐야? 좋은 일 있어? 갑자기 얼굴이 밝아졌네?"
특별한 것은 없었다. 하지만 그는 실제로 그렇게 보였다.
"그래요? 아, 저 연주자 제가 아는 분이에요."
"정말? 누군데?"
"여기서 일하는 직원이에요."
"피아노를 잘 치나 봐?"
그는 오두막에서 봤던 연주 영상이 잠깐 떠올랐다.
"네, 엄청 잘 치더라고요. 음대생이에요. 클래식 전공."
"클래식 전공? 재즈도 칠 줄 아나 보다. 신기하네."
잠시 후 설의 연주가 시작되었다. 카페 손님 대부분이 그녀의 열정적인 연주에 몰입되었다. 문돌은 아는 사람의 공연이라 괜히 더 신이 났다. 그는 주변을 둘러보며 전체적인 분위기가 어떤지 살폈다. 그러다가 어느새 내려와 연주를 감상하고 있는 동빈도 발견했다. 다만 그를 발견했다는 티를 내지는 않았다. 초여름 밤, 시원한 에어컨 바람 아래 커피를 마시며 사람들과 함께 재즈를 감상하는 이 기분이 문돌은 너무 만족스러웠다.

30

 공연은 두 시간 정도 이어졌다. 마지막 연주곡이 마무리되자 공연을 감상하던 사람들이 하나둘 자리에서 일어났다.
 "오늘은 연주를 감상하느라 이야기를 거의 못 했네."
 유현이 시계를 확인하며 말했다. 어느덧 10시가 넘었다.
 "그래도 뭐 재밌었어요."
 "가끔은 이렇게 노래도 듣고, 편안하게 쉴 수도 있어야지. 그동안 고민 많이 했잖아."
 "아참, 뭐 하나만 물어봐도 돼요?"
 "뭔데?"
 "누나가 보기에 저는 펭귄에 가까운 거 같아요? 아니면 물범에 가까운 거 같아요?"
 유현은 그의 말에 귀를 기울였다. 몇 초간 정적이 흘렀다.
 "뭔 소리야 그게."
 그녀는 신기한 걸 발견한 듯 문돌을 바라보았다. 그러자 문돌은 그녀의 반응을 예상했다는 듯 가볍게 웃으며 이야기를 시작했다.
 "여태 무언가를 배우는 태도가 정말 중요하다고 생각했어요. 그래서 어른들을 만날 때마다 이것저것 배우려고 질문도 많이 했어요. 그 덕분에 많이 성장할 수 있었죠.

어른들 또한 저를 존중해 주고 인정해 줬거든요. 그러다 보니 어떤 일을 할 때 동기 부여도 되고 더 열심히 해야겠다는 힘도 나더라고요."

"그렇지, 그래서?"

그는 속으로 해야 할 말을 잠깐 정리한 뒤 계속해서 말했다.

"이 세상에는 배우려고 하는 사람보다 물어뜯으려고 하는 사람이 더 많은 것 같아서요. 단순히 나이 문제는 아닌 것 같아요. 어떤 학생이 제 뒷담화하는 걸 직접 들었다고 했죠? 저도 사람인지라 색안경을 끼고 의심의 눈초리로 한동안 그 학생을 지켜봤어요. 그런데 어쩐 일인지 수업은 또 엄청 열심히 듣더라고요. 과제도 참신하게 잘 제출했고. 그러다 보니 이런 생각이 들기 시작했어요. '뭐지, 내가 너무 속이 좁은 건가? 자연스러운 학생들의 태도에 과민 반응을 한 건가?'라고 말이죠."

"뭐야, 그래서 네가 학생들을 물어뜯고 있는 거 같다는 생각이 든 거야?"

"그렇죠. 저는 이제껏 제가 물범보다는 펭귄에 가까운 삶을 살았다고 생각하는데……. 그리고 또 그런 삶을 살고 싶다고 생각했는데, 꼭 그렇지는 않은가 봐요."

"상황에 따라 달라지는 거지 뭐. 물범이면 또 어때!"

그녀가 문돌의 어깨를 가볍게 툭 치며 말했다.

"그 학생은 태도가 갑자기 왜 바뀌었대?"

문돌은 자신과 현민 사이에 뭔가 특별한 일이 있었는지 돌아보았다. 그러나 그렇게 의미 있는 일은 없어 보였다. 굳이 찾자면 술에 취한 상태로 현민을 마주친 일 정도였다. 그는 그 이야기를 꺼냈다.

"으엑! 뭐라고 했는데?"

"정확하게는 기억이 안 나는데……. 수업 시간에 질문이 좋았다고, 다음에도 기대한다고 이런 식으로 말했던 것 같아요. 아마 이름도 불렀을걸요? 완전 진상이었죠."

"아, 그 정도야 뭐. 생각보다 양호한데? 어쩌면 그런 거일 수도 있겠다."

"뭐가요?"

"어떻게 보면 네가 그 학생을 칭찬해 준 거잖아. 이름까지 기억하고. 그때가 욕을 먹은 다음이었어?"

"욕을 먹은 다음 날인가? 아마 그쯤이었을 거예요."

"그치? 자기는 수업에 대해 욕을 했는데, 그 수업의 강의자는 자기한테 열심히 한다고 칭찬해 봐. 학생 입장에서 어떻겠어."

"기분이 좋으려나?"

"기분이 좋기보다는 자기 행동을 되돌아보겠지."

"오……."

"조금 전에 너도 그랬잖아. 어른들이 너를 인정해 주면 뭔가 힘이 났다고. 걔도 그런 거 아닐까?"

"정말 그럴까요?"

"그건 모르지."

유현이 진지한 투로 답했다.

"나도 그래. 우리 학원에 나보다 나이가 많은 분이 제법 계시거든. 그분들이 몇 달 동안 열심히 그려서 마음에 드는 그림을 완성하면 뭐라고 하는 줄 알아? '선생님 덕분이에요'라던가 '우리 찹쌀이도 그려 줘야겠네' 등등 좋은 얘기 많이 해 주시지."

문돌은 고개를 끄덕이며 이야기를 계속 들었다.

"다 나한테 얼마나 힘이 되는 말인데. 그러면 나도 하나라도 더 알려드리려 하고, 새로 등록하는 학생들한테도 더 잘 가르치려고 하고."

그녀는 시계를 확인하며 덧붙였다.

"누군가 나를 인정해 주고 배울 점이 있다고 생각해 주는 것 자체가 힘이 되는 것 같아."

그녀는 문돌의 어깨를 한 번 더 가볍게 두드리고는 자리에서 일어났다.

"그러니까 너무 신경 쓰지 말라고. 지금도 충분히 괜찮은 사람이니까."

그녀는 무대를 정리하는 직원과 그를 번갈아 본 뒤 말했다.

"시간이 벌써 이렇게 됐네. 난 이제 가 봐야 할 거 같아. 더 있다가 갈 거야?"

문돌은 직원님에게 인사하고 갈 계획이라 조금 더 앉아 있을 거 같다고 답했다.

"그래, 다음에 또 봐. 안녕!"

그녀는 가게에 들어왔을 때처럼 떠날 때도 밝고 경쾌하게, 그리고 빠르게 나갔다. 한바탕 이야기를 쏟아 냈더니 맑아졌던 머리가 다시 지끈거렸다. 그러나 자연스럽게 정리됐던 고민이 이제는 좀 더 선명하게 이해되는 것 같았다. 마치 그동안 왜 이렇게 생각하지 못했을까 싶을 정도로.

문돌은 유현의 그런 명쾌함이 좋았다.

31

"나도 곧 일어나야겠다."

가방에서 볼펜과 크로키북을 다시 꺼내던 문돌은 무대 정리가 마무리된 것을 확인했다. 그는 크로키북을 넘겨 펭귄과 얼룩무늬물범을 그린 종이 뒷면을 펼쳤다. 그리고 볼펜으로 썼다.

'그래도 아직은 펭귄.'

문돌이 글귀를 다 썼을 때 어깨너머로 나긋하지만 명랑한 목소리가 들렸다.

"그림 그리셨나 봐요?"

설이었다.

문돌은 소리가 들리는 쪽으로 고개를 돌렸다.

무대를 정리하기 위해 짐 옮기는 것을 도와주던 설이 정리가 끝나자 인사하러 온 것이었다. 문돌은 양손 엄지를 올리며 축하해 줬다.

"연주 잘 들었어요. 정말 멋있던데요?"

"다행이다."

그녀의 표정이 한층 밝아졌다.

"어찌나 긴장되던지."

"저번에 연주하는 모습을 보여 줘서 알고는 있었지만, 이렇게 실제로 보니까 훨씬 더 멋있었어요. 곡이 Mr……."

"'Mr. C.C.'예요."

"연주하는 모습이 엄청 역동적이더라고요."

"손이 너무 아파요."

그녀는 양손을 휙, 휙 털었다.

"원래 근무 시간은 아니죠?"

"네, 행사 때문에 왔어요. 제가 사장님한테 한번 해 보자고 말씀드린 거였거든요."

"정말요?"

"네."

"어쩌다가 기획하게 된 거예요?"

"아, 이 이야길 하려면 한 시간쯤 걸릴걸요?"

설이 웃음을 참으며 말했다.

"한번 따라 해 봤어요."

순간 이게 무슨 말인가 싶었던 문돌은 이내 그 의도를 알아차리고 웃었다.

"이런 느낌이었군요. 다음에 이야기해 주겠다는 거죠?"

"아쉽지만, 뒤풀이가 있어서요. 오늘 매장 문도 일찍 닫을 거예요."

"정말요? 몇 시쯤에?"

"10시 반이라고 했으니까 이제 곧 마감할 거예요."

문돌은 휴대폰 화면을 두 번 두드렸다. 10시 25분이었다.

그는 시계를 확인하고는 주변을 한번 둘러보았다.

짧은 시간 사이 확실히 손님이 많이 빠져나갔고, 지금도 나가고 있었다. 연주를 감상하기 편하게 배치했던 탁자도 어느새 제자리를 찾아갔다.

"저도 이만 일어나야겠네요."

"행사 이야기는 다음에 해드릴게요!"

"네, 기대하고 있을게요! 연주가 있는지 몰랐다면 정말 후회했을 거예요."

설은 가만히 그를 바라보았다.

"아참, 저 기억하고 있어요. 'Magic Waltz' 알려 주신다는 거! 아직 유효한 거죠?"

그러자 설이 고개를 끄덕이며 말했다.

"물론이죠. 언제든지."

"방학하고 조금 여유로워질 때 연락드릴게요."

"네."

"그럼 혹시 연락할 번호 알려 줄 수 있나요?"

"아! 연락처를 모르고 있었죠?"

그녀는 문돌의 휴대폰과 볼펜을 번갈아 바라보았다. 문돌은 휴대폰을 건넸다.

잠시 후, 설의 휴대폰이 울렸다.

"완곡할 수 있겠죠?"

"그럼요!"

에필로그

강사로 보낸 한 학기는 생각보다 빨리 지나갔다. 수업 측면에서 나쁘지 않게 첫 학기를 마무리했고 나름대로 개인적인 성장도 있었다. 하지만 애석하게도 그는 3년간 1학기에만 수업을 맡기로 계약했기 때문에 2학기에는 학교에서 강의를 할 수 없었다. 바꿔 말해 2학기에는 생계를 위해 새로운 경제 활동을 해야 했다.

예정된 수순이었다. 그는 계약할 때부터 최소한 3년간은 성수기와 비수기가 있을 거라고 생각했다. 이제는 비수기에 대비해야 했다.

하지만 10년간 쉼 없이 달렸기에, 조금 더 정확하게는 7학기 동안 전력 질주를 했기 때문에 이제는 조금 쉴 필요도 있다고 생각했다. 스스로 직장이 없는 백수로 여길 필요는 없었다. 그저 재정비할 시간이 약간 필요한 것이다.

문돌이 가장 먼저 한 것은 박사학위 논문을 종이책으로 출판하는 작업이었다. 처음에 그는 학위 논문으로 쓴 원고를 그대로 출판사에 보낼까 고민했다. 하지만 그런 방식은 서로의 시간만 빼앗는 행위일 뿐이었다. 그는 학위 논문에서 다룬 내용 중 대중이 흥미로워할 만한 소재를 선별했고, 일상생활에서 생소한 단어는 친숙한 언어로 바꾸었다.

한 달 정도 틈틈이 작업한 결과, 원고는 대중성을 띠면서 너무 쉽지도 너무 난해하지도 않게 완성이 되었다. 그러나 문돌은 이번에도 원고를 출판사에 투고하지 않았다. 왜냐하면 이런 식으로 책을 출판하고 싶지는 않았기 때문이다. 수정된 원고가 마음에 들지 않은 건 아니었다. 다만 순서가 문제였다.

학위 논문으로 한 학기 강의를 해 본 결과, 그의 주장은 개념적으로 접근했을 때 크게 와닿지 않는 무언가가 있었다. 그래서 자신의 주장을 설명하는 것보다 보여 주는 게 먼저라고 생각했다. 과거에 농담을 그림으로 표현해 보려고 했던 경험이 떠올랐고, 동빈이 글로 쓴 과제로 농담하려 했던 시도도 떠올랐다.

그러다 보니 농담을 소재로 소설을 써 보면 어떨까 하는 생각도 전혀 낯설게 느껴지지 않았다. 문돌은 이 상상을 곧장 실행으로 옮겼다. 소설을 써 본 적은 없었기에 '소설 쓰기 강좌'를 먼저 찾아보았다. 그런 다음 적당한 시간대와 적절한 금액에 맞는 수업을 찾아 등록했다.

첫 수업 날, 문돌은 강의실에서 동빈을 발견하고 깜짝 놀랐다. 이야기를 나눠 보니 그는 몇 달 전부터 이 학원에서 소설 쓰는 것을 배우고 있다고 했다. 그러면서 카페 빨간벽돌에서 재즈 공연이 있을 무렵 준비하던 소설이 최근 우수상에 당선되었다고 자랑했다.
 대화를 나누면서 그는 동빈이 작가의 꿈을 가지게 된 계기와 추구하는 가치 등에 대해 알게 되었다. 글을 쓰다가 막히는 것이 생기면 종종 동빈과 의견을 주고받기도 했다. 적어도 소설 쓰기의 세계에선 동빈이 선배였다.
 그렇게 서너 달 정도 글을 쓰자 어느덧 12월이 되었다. 그 사이 동빈은 과거에 연습 삼아 썼던 글이 잘 풀려 어엿한 작가로 성장했다. 소설 제목이 아마 『스무 번째 결혼』이었을 것이다.

 12월의 어느 날, 2학기가 마무리된 지 열흘도 되지 않은 어느 수요일이었다.
 문돌은 전날 밤부터 긴장해서 그런지, 잠을 깊이 자지 못했고 의도치 않게 아침 일찍 깼다. 보일러를 틀어 놓고 잤음에도 겨울의 아침 공기가 쌀쌀했다.
 "으, 추워. 한숨도 못 잔 것 같네."
 아침 추위도 이길 겸 그는 따뜻한 물로 샤워하며 오늘 있을 일정을 되새겨 보았다.
 "글이나 마무리 지을까."

 어느덧 5시 30분이 지나고 있었다.

"벌써 시간이 이렇게 됐네."
 가슴이 갑자기 빠르게 뛰기 시작했다. 그는 호흡을 가다듬으며 소설의 마지막 부분을 써 내려갔다.

 뒤뚱뒤뚱 걸어가던 어린 펭귄 한 마리가 옆에서 평화로이 일광욕을 즐기고 있던 얼룩무늬물범을 이유 없이 부리로 쪼았다. 놀란 얼룩무늬물범이 성난 표정으로 펭귄을 위협하자 펭귄은 그럴 줄 알았다는 듯 물범을 피해 바닷속으로 들어갔다. 잠시 뒤 다른 펭귄 한 마리가 같은 물범을 이유 없이 부리로 쪼았다. 물범은 입을 크게 벌리며 뒤뚱뒤뚱 자리를 피하는 펭귄을 쫓아갔다. 평소라면 따라 들어오지 않았을 텐데 이번에는 물범도 펭귄을 따라 바닷속으로 들어갔다. 두 번째 펭귄의 새로운 1년이 이렇게 어처구니없이 시작되었다.

 "내일부터는 글을 좀 다듬어야겠지?"
 문돌은 시계를 확인하고는 노트북을 덮었다. 편하지만 깔끔한 복장으로 옷도 갈아입었다. 그러고는 가방을 챙겨 집을 나섰다. 그가 향한 곳은 카페 빨간벽돌이었다. 여전히 같은 곳에 살고 있기에 카페까지 가는 데 그리 오래 걸리지 않았다. 카페에 도착한 그는 입구에 붙어 있는 포스터를 한참 쳐다보았다.

'카페 빨간벽돌과 재즈, 두 번째 이야기 / 연주자 김문돌'

 그는 글 아래 적혀 있는 행사 진행 순서를 확인한 뒤 크게 숨을 내쉬었다. 그러고는 매장 안으로 발걸음을 옮겼다. 매장 안은 반년 전과 마찬가지로 공연을 준비하기 위해 여러 사람이 분주히 움직이고 있었다. 문돌은 탁자를 옮기던 설을 발견했다. 그는 그녀를 바라보며 반갑게 인사했다.
"안녕하세요! 도와드릴까요?"
"아, 아니에요!"
 설은 옮기고 있던 탁자를 마저 밀며 말했다.
"연습은 잘된 것 같아요?"
"엄청 긴장하는 것 같은데요?"
"원래 조금씩 그래요. 좋은 징조죠."
"아하."
"리허설은 여섯 시부터니까 쉬고 계세요. 커피 한 잔 드릴까요?"
"오! 그럼 전……."
"콜드브루 레귤러 사이즈. 맞죠?"
 문돌은 미소로 답했다. 그는 눈을 감고 머릿속으로 자신이 그리는 시나리오대로 피아노 건반을 누르는 상상을 해보았다. 곡의 3분의 2 지점쯤 왔을까, 막히는 지점이 발견됐다. 그는 그 부분의 전후를 떠올리며 허공에서 손가락을 움직였다. 그래도 그 부분이 속 시원하게 뚫리지 않았다. 심장이 빠르게 뛰기 시작했다. 심호흡을 다시 크게 한 뒤 눈을 떴다.

"너무 걱정하지 마세요."

설이 커피를 가져오며 말했다.

"별일 없겠죠?"

그는 커피를 받은 뒤 예전에 유현과 앉았던 자리에 앉았다. 문돌은 커피를 내려놓고 가방에서 악보를 꺼냈다. 그러고는 기억나지 않는 부분을 찾기 위해 빠르게 악보를 넘겼다.

"아, 그렇지!"

그는 자신이 놓친 부분을 확인한 뒤 다시 눈을 감고 그 부분을 떠올려 보았다. 이번에는 매끄럽게 넘어갔다.

옆에서 그 모습을 지켜보던 설이 말했다.

"가 봅시다. 'Magic Waltz'"

문돌은 악보를 가지런히 정리해 탁자 위에 놓은 다음 그녀를 보며 말했다.

"매직 왈츠!"

탁자 위에 콜드브루 한 잔과 'Magic Waltz' 악보가 그의 열정과 함께 놓여 있었다.

작가의 말

 문돌은 진심으로 배움의 중요성을 이해한 사람 중 하나다. 비교적 젊은 나이에 그것을 깨달았기 때문에 그를 응원하고 지지하는 어른도 여럿 있었다. 그의 눈에는 그런 어른들이 너무 고맙고 멋있어 보였다. 나이도 어리고 삶의 경험도 부족한 자신에게서 배울 점을 찾고 격려해 주었기 때문이다.

 그는 자신과 다른 세대를 연결하고 더 넓은 세상을 볼 수 있게 해 주는 것이 바로 감사와 배움이라고 생각했다. 그래서 강의를 맡게 된다면 이 배움의 중요성만큼은 학생들에게 꼭 전달하고 싶었다. 직접 내색하지는 않았지만, 어른들에게 배우고자 함으로써 얻은 교훈을 학생들도 얻을 수 있으면 좋겠다고 생각했다. 그는 강의를 준비하면서 하나의 슬로건을 세웠다.

 '배울 만한 어른이 되자.'

 만약 그 자신이 배울 만한 어른이라면 학생들이 자연스럽게 그를 통해 무언가 교훈을 얻을 것이고, 그럼으로써 성장할 수 있을 터였다. 다만 그런 기대에는 자신에게 욕하는 학생이 있을 것이라는 가정은 없었다.

 예상하지 못한 상황이 발생하자 그는 혼란스러움을 느꼈다. 그래서 언제나처럼 고민을 해결하기 위해 주변 사람들과 이야기를 나누었다. 서은과 이야기를 나누고, 친구들과 이야기를 나누었다. 그리고 유현과도 이야기를 나누었다. 모두 그보다 나이가 많거나 혹은 동갑이었다. 그동안 항상 어른에게 배우는 입장이었으며, 또래와 경쟁하며 깨닫고 배워 왔다.
 그는 언제나 어른이 아닌 입장이었다.
 그래서 배움의 방향이 항상 위를 향하고 있었다.

 이것이 겸손인 줄 알았다. 아직 배울 게 많다는 것, 아직 경험하지 못한 세계가 있다는 것이. 하지만 어느덧 그도 누군가에게 어른인 나이가 되었다. 지금의 문돌은 어렸을 적 좋아했던 누나보다 나이가 많으며, 큰 힘이 되었던 선배보다도 나이가 많다. 그들을 모두 어른으로 생각했던 그였지만, 정작 자신이 누군가에게 어른이 될 수 있다는 사실은 알아차리지 못하고 있었다.

이제 그는 자신보다 어린 친구들에게 배우는 자세를 가짐으로써 그들의 삶에 영향을 끼칠 수 있는 위치에 섰다.

문돌은 여전히 퍼스트 펭귄일 수 있지만, 때론 다른 퍼스트 펭귄을 지지하며 함께 물에 뛰어드는 자리에 선 것이다.
운이 좋았다. 술에 취한 채 현민에게 했던 말은 사실 그가 정말 하고 싶었던 말은 아니었다. 오히려 자포자기한 심정에서, 무엇을 어떻게 해야 할지 몰랐던 상태에서 나오는 대로 말한 것이었다. 어쩌면 정말 상투적인 말 그 자체였을지도 모른다.

앞으로는 자기보다 어린 친구들을 진심으로 존중하며, 배울 점은 배울 것이라고 다짐했다. 그가 감사하는 어른들이 그랬던 것처럼.

펭귄은 날지 않는다

초판 1쇄 발행 2024년 9월 27일

지은이 김병민
펴낸이 김수영

경영지원 최이정 · 박성주
마케팅 박지윤 · 여원 **브랜딩** 박선영 · 장윤희
교정·교열 김민지 **편집 디자인** 서민지 · 김은정

펴낸곳 담다 **출판등록** 제25100-2018-2호 (2018년 1월 5일)
주소 대구광역시 달서구 문화회관길 165, 대구출판산업지원센터 402호
전화 070.7520.2645 **이메일** damdanuri@naver.com
인스타 @damda_book **블로그** blog.naver.com/damdanuri

ⓒ 김병민, 2024

ISBN 979-11-89784-47-8 (03810)

· 책값은 뒤표지에 표시되어 있습니다.
· 이 책의 판권은 지은이와 도서출판 담다에 있습니다.
· 이 책 내용의 전부 또는 일부를 재사용하려면 반드시 양측의 서면 동의를 받아야 합니다.

> 도서출판 담다는 생각과 마음을 담은 원고 투고를 기다리고 있습니다. 작가의 꿈을 이루고 싶은 분은 이메일 damdanuri@naver.com으로 출간기획서와 원고를 보내주세요.